Inhalt

Das Leben der hübschen Amina wird durchgemischt, als sie Sten mit
den eisblauen Augen auf einer Party kennenlernt. Sie ist fasziniert
von seinen verrückten Ideen, etwa einem Candle-Light-Dinner in
einem Hinterzimmer der Semperoper. Doch als sie zufällig erfährt,
dass er einer ausländerfeindlichen Gruppierung angehört, wachsen
ihre Zweifel. Ist er wirklich der, der er zu sein scheint? Und dann ist
da noch ihre eigene Vergangenheit, die sie immer wieder
herausfordert. Die junge Autorin Arunika Senarath hat ein Personal
junger Menschen entworfen, das in Dresden studiert, liebt, feiert,
streitet und das dem politischen Ruck nach rechts gewaltig
ausgesetzt wird. *Diese eine Nacht* ist ihr Debüt.

Arunika Senarath

Diese eine Nacht
Roman

Inhaltsverzeichnis

Prolog

Amina Salem war zierlich und nicht allzu groß. Wie eine zerbrechliche Puppe, geschaffen, um angesehen zu werden, nicht, um im Leben zu bestehen. Karamellfarbener Teint, langes, dickes, dunkles Haar, das bis unter ihre Rippen fiel. Augen wie Schokoladenplätzchen hatte eine alte Dame einmal zu ihr gesagt, als sie noch ein Kind gewesen war. Sie wusste, dass sie schön war, auf eine rationale Art wusste sie es. Doch sie konnte es nicht fühlen. All die Komplimente und netten Worte, die sie in ihrem bisherigen Leben erhalten hatte, hatten ein Bild von ihr gezeichnet, das sie zu gerne annehmen wollte. Eine junge, selbstbewusste, schöne Frau.

Wenn nur nicht dieser Schmerz wäre, wenn sie in den Spiegel sah. Das Gefühl, dass etwas fehlte, dass etwas anders sein sollte.

1. Kapitel

Es klingelte. Laut. Amina blinzelte gequält und versuchte ungeschickt, den Wecker auf „Schlummern" zu schalten. Frühes Aufstehen bereitete ihr Kopfschmerzen, auch wenn sie es gewohnt war. Das letzte Jahr wäre sie froh gewesen, hätte sie eine Nacht ungestört bis um diese Zeit schlafen können. In ihrem kleinen Wohnheimzimmer war es bereits hell, sie hatte keine Vorhänge. Zu viel Dunkelheit bedrückte sie.

Die erste Vorlesung heute war Kommunikationsforschung: Wie kommunizieren Menschen, welche Modelle hat die Wissenschaft dafür entworfen, und wie funktioniert Journalismus? All das und vieles mehr wollte Amina lernen. Sie hatte sich für einen Bachelor in Kommunikationswissenschaft entschieden und war an der TU Dresden angenommen worden.

Dresden war eine richtige Studentenstadt. Nicht zu groß und nicht zu klein, es gab eine bezaubernde Altstadt, die den Flair vergangener Zeiten unter großen Fürsten und Königen erahnen ließ, und eine alternative, mit Szene-Kneipen und Clubs angereicherte Neustadt, wo sich vor allem abends die Studentenschaft tummelte. Dazwischen die Elbe, der Treffpunkt beim kleinsten wahrnehmbaren Sonnenstrahl für Radfahrer, Jogger und Tagträumer, die sich ans Flussufer setzten und den Anblick der barocken Dresdner Silhouette genossen. Dresden war einfach schön. Und weit weg von zu Hause.

Amina kam aus einer Kleinstadt in Baden-Württemberg. Es gab nicht viel, was sie dort gehalten hätte oder was sie vermisste. Eine Handvoll enger Freunde aus der Schulzeit. Und ihn. Aber sie war dankbar, dass ihre Mutter sie angetrieben hatte, ein Studium zu beginnen, sich nicht zu Hause einzugraben. Denn nach dem Abitur hatte sie erstmal eine Pause gemacht und sich nicht gleich um ihre weitere Ausbildung gekümmert. Wobei von einer Pause nicht wirklich die Rede sein konnte, jeder Tag war eine Herausforderung gewesen. Die Entfernung tat ihr jetzt gut, sie lenkte sie ab und ließ sie sich auf das Wesentliche konzentrieren. Je schneller sie das Studium abgeschlossen haben würde, desto besser.

Amina war mittlerweile bereit für den Tag und wollte gerade ihre Tasche schnappen, um loszugehen, als ihr Handy aufleuchtete. Eine Nachricht von Franzi: „Hey, ich bin zu faul für KoFo, aber freue mich auf heute Abend!"

„Na toll", dachte Amina. Vorlesung ohne Franzi war nur der halbe Spaß. Sie hatten sich in einer der ersten Uni-Veranstaltungen kennengelernt und auf Anhieb verstanden. Im Gegensatz zu Amina strahlte Franzi eine sorglose Offenheit aus, mit der sie sofort auf jeden sympathisch wirkte. Schüchternheit und Misstrauen waren ihr fremd, sie war überall beliebt. Amina hatte sich von Franzis Frohnatur angezogen gefühlt und die beiden, so verschieden sie auf den ersten Blick wirkten, waren schnell Freundinnen geworden. Amina wünschte sich manchmal, ihr Leben hätte zugelassen, dass sie wie Franzi, die aus Köln in die sächsische Landeshauptstadt gezogen war, um eine neue Stadt und neue Leute kennenzulernen, frei und ungebunden einen neuen Abschnitt beginnen konnte. Ohne Laster, ohne Ängste, ohne Schatten, die ihr auf Schritt und Tritt folgten. Amina war niemals sorglos, sie konnte es nicht sein.

Die beiden Vorlesungen verliefen zäh, Amina schaute die meiste Zeit auf ihr Handy, googelte unsinnige Dinge und las die neusten Nachrichten. Der Professor hielt nicht viel von Mikrophonen, und es war deshalb so gut wie unmöglich, in den hinteren Reihen des Vorlesungssaals etwas zu verstehen.

Als sie nach Abschluss der Vorlesung durch die Sitzreihen auf den Ausgang zusteuerte, sah sie in der ersten Reihe eine Gestalt, die ihr freudig zuwinkte. Dunkelbrauner Wuschelkopf, ein jungenhaftes Gesicht. Alex rief ihr zu: „Noch Lust auf einen Kaffee?"

„Ja, warum nicht", antwortete Amina. Alex war neben Franzi die einzige Person, mit der sich Amina in den ersten Semesterwochen näher angefreundet hatte. Er war zugegebenermaßen ein ziemlicher Streber, weshalb Franzi ihn eher mied und nicht nachvollziehen konnte, warum Amina Zeit mit ihm verbrachte. Doch Amina mochte Alex wirklich. Vielleicht lag es daran, dass sie beide nicht zu den coolen Kids gehörten.

„Wie fandest du die Vorlesung?", fragte Alex, als sie an der kleinen Mauer vor der Cafeteria lehnten. Er drehte sich zu ihr, schaute sie direkt an, während Amina gedankenverloren in ihren Kaffeepappbecher stierte und darin herumrührte.

„Ganz ok, aber ein bisschen langweilig."

Alex versuchte, mit zwei weiteren Anläufen Aminas Aufmerksamkeit zu erregen und ein anständiges Gespräch zustande kommen zu lassen, aber ihr war eher nach Schweigen zumute. Sie hatte immer noch Kopfschmerzen.

„Alles gut, Mina?" Alex legte seine Hand unbeholfen auf ihre Schulter.

„Mein Kopf hämmert schon den ganzen Tag, ich sollte mich nochmal schlafen legen vor der Party", erwiderte sie.

„Gehst du mit Franzi feiern?"

„Ja, sie will unbedingt auf jede Erstsemester-Party und ich muss natürlich mit", sagte Amina mit gespielter Empörung. Partys waren wirklich nicht ihr Ding, nicht mehr. Aber Franzi zuliebe ging sie so oft wie möglich mit.

Als Alex und sie sich verabschiedet hatten, dachte Amina, sie hätte ihn vielleicht fragen sollen, ob er heute Abend mitkommen wollte. Doch Franzi wäre nicht begeistert gewesen mit dem „Nerd", wie sie ihn nannte, wegzugehen. Naja, er würde es ihr nicht übel nehmen.

Franzi war über mehrere Ecken, über Bekannte ihres Mitbewohners, auf eine WG-Party von Studenten höherer Semester eingeladen worden und sie hatte Amina die Adresse in der Neustadt gegeben. Sie wollten sich dort um 22 Uhr treffen.

Amina saß an ihrem Schminktisch. Ein kleiner weißer Tisch mit aufgeschraubtem, drehbarem Rundspiegel. Darauf allerlei Make-up-Produkte, Nagellacke und Pinsel. Das strahlende Weiß der hölzernen Tischplatte war mittlerweile eher ein schmuddeliges Grau-Braun. Amina war nicht sehr achtsam, was solche Dinge betraf. Nachdem sie das Make-up aufgetragen hatte, versuchte sie, ihre Haare zu bändigen. Lieblos zupfte sie an einzelnen Strähnen, versuchte, fliegende Haare flach zu streichen. Sie war nicht richtig zufrieden mit dem Ergebnis.

Trotz der recht großen Auswahl an Schminkutensilien war ihr Look immer der gleiche, dezent und unauffällig. Betonte Augen, etwas Rouge. Sie saß vor dem Spiegel und sah sich eine Weile einfach nur an.

Der Schminktisch war ihr einziges eigenes Möbelstück in dem 15-Quadratmeter-Zimmer des kleinen Apartments. Im Studentenwohnheim waren alle Zimmer möbliert, Bett, Schreibtisch, Stuhl und Schrank waren vorhanden gewesen. Auch das kleine Bad und die Küche waren bereits voll ausgestattet, wenn man einzog. Aminas Apartment wirkte steril, sie hatte sich nicht großartig eingerichtet. Ein paar Bücher lagen auf dem Schreibtisch und ein gerahmtes Bild von ihm stand gut sichtbar auf dem Fenstersims. Sie nahm es gerne in die Hand und betrachtete es minutenlang.

Um zur WG-Party zu gelangen, fuhr Amina mit der Straßenbahnlinie 13 Richtung Kaditz, die auf der Albertbrücke die Elbe überquerte. Der Anblick des Flusses, in dem sich bei Dunkelheit die beleuchteten, weltbekannten Bauschätze von der Frauenkirche bis zur Semperoper spiegelten, war einzigartig, beeindruckender als auf jeder Postkarte. Langsam zerflossen die Lichter im Fluss. Anmutig still wirkte die Szene, als könnte diese Ruhe nichts stören. Jeder, egal ob Tourist oder Dresdner, wandte den Kopf zur Elbe.

Schon von Weitem hörte sie den wummernden Bass aus dem geöffneten Küchenfenster der WG. Eilig lief sie von der Straßenbahnhaltestelle zur Partyadresse. 22:05 Uhr. Sie war bereits dabei,

Franzi zu schreiben, dass sie da war, als eine Nachricht von ihr kam: „Geh ruhig schon rein, ich komme ein bisschen später." Amina seufzte genervt. So gern sie Franzi auch hatte, aber ihre Unpünktlichkeit war manchmal wirklich ermüdend. Am liebsten hätte sie kehrtgemacht und wäre in die nächste Bahn Richtung Studentenwohnheim gestiegen, aber dafür war es nun wohl zu spät. Sie stand vor dem Eingang des Mehrfamilienhauses, aus dem ein lachendes Pärchen trat und ihr die Tür aufhielt. Sie schlüpfte widerwillig hinein.

Die Luft war stickig im Flur, es wurde geraucht. Vereinzelt standen Grüppchen herum, die sich unterhielten, doch durch die laute Musik konnte man nicht hören, worüber gesprochen wurde. Unsicher bahnte sich Amina einen Weg in die Küche. Die Luft war dort durch das geöffnete Fenster etwas angenehmer. „Wieso ist Franzi immer noch nicht da?!", dachte Amina leicht verzweifelt, während sie ihren Parka auszog und auf einem Stuhl, über dessen Lehne schon einige andere Jacken hingen, ablegte. Sie schaute sich um. Die Küche war nicht allzu groß, aber stehend konnten gut zehn Leute Platz finden. Neben ihr befand sich ein quadratischer Holztisch mit Getränken und Schalen mit verschiedenen Chips-Sorten. Die drei Stühle ringsherum waren jeweils unterschiedliche Modelle, bunt zusammengewürfelt. Vier Mädchen, alle ein paar Jahre älter als Amina, machten sich an der anderen Seite des Tisches an den Getränken zu schaffen. Wodka-O. Sie lachten schrill und waren eine Spur zu aufgedreht für Aminas Geschmack. Neben dem Kühlschrank, schräg gegenüber von Amina, unterhielt sich angeregt ein Pärchen. Sie gestikulierte wild und zog immer wieder an ihrer Zigarette, er stand dicht vor ihr, den Arm lässig an den Kühlschrank gelehnt und schien sichtlich Gefallen an ihr zu finden.

Amina fühlte sich zunehmend unwohl. Sie kannte keinen und sie sah auch niemanden, der sonst noch alleine herumstand. Sie bediente sich an der Erdbeerbowle, um sich wenigstens an ihrem Becher festhalten zu können, und nippte immer wieder kurz daran.

„Bin jetzt da, wo bist du?" Eine Nachricht von Franzi. Anstatt zu antworten und noch länger zu warten, beschloss Amina, Franzi zu suchen.

Noch während sie auf ihr Handy schaute, spürte sie es. Dieses Gefühl, beobachtet zu werden, das man erst richtig deuten kann, nachdem man tatsächlich jemanden dabei ertappt hat, wie er einen anstarrt. Als Reaktion darauf hob sie den Blick und sah an der Küchentür zwei eisblaue Augen in ihre Richtung sehen. Sie erzählten eine Geschichte. Eine Geschichte, die weit zurückging und doch in diesem Moment anfing.

„Da bist du ja!" Franzi kam freudestrahlend auf sie zu und umarmte sie. „Sorry für die Verspätung, hab die erste Bahn verpasst." Nachdem Amina alle Zimmer der Wohnung durchforstet hatte, war Franzi schließlich im letzten gewesen. Sie hatte auf dem Bett gesessen, mit zwei Typen.

„Das ist Nicolai, mein Mitbewohner, ihr kennt euch ja noch gar nicht. Und das ist Michi, er wohnt hier."

„Hi. Amina", sagte Amina, während sie beiden nacheinander die Hand schüttelte. Nicolai war groß, hatte schwarzes Haar und ein markantes Kinn. Er war bestimmt schon 27 und hatte diesen Surfer-Look. Verschiedene Stoffarmbänder am Handgelenk, eine Halskette mit unechtem Haifischzahn als Anhänger und dazu ein beiges, aufgeknöpftes Sommer-Sweatshirt. Genau Franzis Typ, schätzte sie. Wenn sie ihn wollte, würde sie ihn bekommen, das stand für Amina fest.

Amina verließ den Raum, um das Badezimmer aufzusuchen. Franzi und Nicolai saßen zu diesem Zeitpunkt schon verdächtig nah beieinander und Franzi hatte mittlerweile das dritte Glas Bowle geleert.

Amina blickte in den Badezimmerspiegel über dem Waschbecken. Sie sah müde aus, ihre Augen waren leicht gerötet, ihr Make-up etwas verschmiert. „Ich sollte nach Hause gehen", dachte sie. Sie war mit niemandem länger ins Gespräch gekommen und saß nur gelangweilt neben Franzi, die mit ihrem Mitbewohner flirtete.

Wäre sie nur zu Hause, bei ihm. Seine natürliche Wärme fehlte ihr, sein weicher Blick, sein Lachen. Herzschmerz. Doch es war besser so. Sie würde in drei Jahren zurückkehren und dann würde alles gut werden. Dann würde alles so sein, wie es sein sollte.

Auf dem Weg zurück hörte sie aufgebrachte Stimmen aus einem anderen WG-Zimmer.

„Du kannst das nicht alleine beschließen, wir sind zu fünft, und wenn nicht alle im Vorstand zustimmen, war's das."

„Ihr Idioten müsst langsam einsehen, dass es keinen Zweck hat, wenn wir uns immer nur treffen und reden, wir müssen endlich handeln! Ante Noctem muss aktiv werden!"

Amina schlich sich leise an die halb geöffnete Tür und spähte hinein. Hoffentlich würde sie keiner sehen, ihre Neugier hatte sie schon des Öfteren in unangenehme Situationen gebracht. Ante Noctem? Was sollte das sein? Trotz der Anspannung, die das heimliche Lauschen in ihr verursachte, harrte sie noch einen Moment aus und versuchte, die Personen zu erkennen, die sich zu streiten schienen. Ein etwas dickerer Typ, Mitte 20, mit aufgebrachtem Gesichtsausdruck, stand in der Mitte des Raumes und wedelte mit einem Blatt Papier herum. Etwas weiter weg stand sein Widerpart, an einen Glasschreibtisch gelehnt. Amina zuckte innerlich, als sie sein Gesicht sah. Die eisblauen Augen. Es war der Typ, der sie vorhin in der Küche so eindringlich angeschaut hatte. Solche Augen hatte sie noch nie gesehen. Auch ansonsten war er nicht unansehnlich, breite Schultern, sichtlich trainierte Oberarme, hoch gewachsen. Er hatte ein Grübchen am Kinn, seine gleichmäßigen Gesichtszüge wirkten kindlicher als der Rest seines Körpers.

Die beiden diskutierten weiter, bis der Dicke das Blatt zerknüllte und auf den Boden warf. Schließlich stürmte er hinaus, direkt auf Amina zu. Sie konnte sich gerade noch rechtzeitig abwenden und ein paar Schritte zur Seite machen, bevor er an ihr vorbeilief, aber er nahm sie gar nicht wahr. Schnurstracks ging er zur Haustür und verließ die Party.

Amina hatte genug gesehen und wollte gerade am Zimmer vorbeihuschen, als plötzlich wieder eine Stimme aus dem Raum drang, die sie anzusprechen schien.

„Hey, bist du alleine hier?", fragten die eisblauen Augen.

Ein kleiner Knallkörper explodierte in ihr. Hatte er gesehen, wie sie das Gespräch belauscht hatte?

„Ähm, nee, meine Freundin ist nur später gekommen, ich wollte gerade zu ihr gehen", entgegnete Amina.

Er kam mit ein paar großen Schritten auf sie zu und hielt ihr die Hand entgegen. „Ich bin Sten", sagte er und sah sie an, als würde er eine bestimmte Reaktion auf seine Worte erwarten. Sein Blick schien ihren festhalten zu wollen, als hätte er lange auf diesen Moment gewartet.

„Amina", erwiderte sie und fragte, um eine peinliche Stille zu vermeiden, gleich darauf: „Wohnst du hier in der WG?"

„Nein, aber ein Kommilitone von mir, ich studiere BWL im Master. Was studierst du?"

Und so unterhielten sie sich für eine Weile, stellten sich die typischen Smalltalk-Fragen und lachten über dies und das.

Sten hatte eine Ausstrahlung, die Amina nicht richtig einschätzen konnte. Er verhielt sich freundlich und nett, aber sie glaubte, in seinen Augen etwas Unehrliches lesen zu können, etwas, das Distanz wahren wollte. Vielleicht war es auch sein Aussehen. Er sah zu gut aus, um der nette Kerl von nebenan zu sein. Auch wenn das Gespräch immer wieder verstummte, schienen sie aber sichtlich auf einer Wellenlänge zu sein.

„Naja, ich muss dann mal los", meinte Sten schließlich.

Er verabschiedete sich und umarmte sie flüchtig, was eine elektrische Welle in jeden Winkel ihres Köpers zu schießen schien. Sie ärgerte sich, dass sie sich von einem Schönling so beeindrucken ließ.

Doch da war mehr. Sie wusste, hinter dieser Begegnung steckte mehr.

Als er den Raum verlassen hatte, stand sie noch eine Weile so da und dachte an nichts Besonderes. Das zerknüllte Blatt Papier, das der Dicke wutentbrannt weggeworfen hatte, lag immer noch auf dem Boden. Ihre Neugier gewann wieder einmal. Sie bückte sich, hob es auf und entfaltete es.

Wir erheben uns, um dem sinnlosen Treiben unserer Regierung, der Parteien des Bundestages und der Lobbyisten ein Ende zu setzen.

Wir schauen uns nicht länger an, wie deutsche Politik in Washington gemacht wird, wie Islamisten ganze Dörfer auslöschen und schließlich in Deutschland Asyl finden.

Wir hören uns die Lügen der gleichgeschalteten Presse nicht länger an, die Märchen, die uns Tag für Tag eingetrichtert werden.

Damit muss jetzt Schluss sein.

Wer genauso denkt, ist aufgefordert, sich uns anzuschließen, wer gegen uns, und somit gegen die Wahrheit und gegen ein freies Deutschland ankämpft, wird das Echo auf bittere Weise zu spüren bekommen.

Für unser Land!

Ante Noctem

Das zerknüllte Papier sollte wohl eine Art Flugblatt darstellen. Amina war verwirrt. Was sollten diese seltsamen Vorwürfe und diese Androhung bedeuten? Und was hatte Sten damit zu tun?

Amina verabschiedete sich von Franzi, die sie schließlich wild mit Nicolai knutschend vorgefunden hatte, schnappte sich ihren Parka und verließ die Party. Die kalte, frische Luft tat gut. Auf den Straßen war kein Mensch mehr, obwohl es noch nicht allzu spät war.

Als sie die Straßenbahnhaltestelle erreichte, musste sie verärgert feststellen, dass ihre Bahn ausfiel. Die Anzeigetafel eröffnete ihr dies in einem aggressiv-leuchtenden Satz, der am unteren Rand des Bildschirms eingeblendet wurde. „Das kann doch nicht wahr sein!", fluchte Amina leise. Aber es half alles nicht, sie würde laufen müssen. Wenn sie sich beeilte, wäre sie in etwas mehr als einer halben Stunde zu Hause.

Also ging sie schnellen Schrittes los, schaute sich nicht um. Sie konnte nicht leugnen, dass ihr etwas unheimlich zumute war. Es war mitten in der Nacht und sie war alleine. Böse Erinnerungen kamen hoch, die sie sofort zu ersticken versuchte. „Es ist alles gut, hier ist keine Menschenseele, du bist gleich daheim", sagte sie sich im Stillen. Entfernte Männerstimmen. Eine Tür fiel ins Schloss. Panik. Sie ging noch ein bisschen schneller. Vor ihrem inneren Auge erschienen Szenen aus jener einen Nacht, die alles verändert hatte. Eine Gruppe Jungs um sie herum, Gelächter, Alkohol. Zu viel Alkohol.

Ihr Herz begann bei dieser Erinnerung zu rasen, sie musste sich darauf konzentrieren, mit ihren Gedanken nicht abzuschweifen.

Dann hörte sie Schritte hinter sich. Sie wäre am liebsten losgerannt, hielt sich aber zurück und beschleunigte nur ihr Tempo. Die Schritte hinter ihr wurden ebenfalls schneller. „Bitte lass das alles nicht nochmal passieren!", dachte Amina hektisch atmend.

„Mina!" Rief es hinter ihr. Die Panik erreichte ihren Höhepunkt, zerschellte dann aber. Es war Alex.

„Hey, was machst du denn hier?", fragte sie.

„Ich war in der Nähe und habe dich von der Haltestelle losgehen sehen. Du solltest nachts nicht alleine rumlaufen, das kann gefährlich sein." Alex lallte leicht, was Amina nun auffiel. Er kam auf sie zu, sah sie seltsam an.

„Du bist ja ganz schön betrunken", meinte Amina zaghaft. Das unwohle Gefühl stieg erneut an. Es war nur ihr Kumpel Alex, doch sie kannte ihn so nicht, hatte ihn noch nie betrunken erlebt. Er schien mutiger und lockerer zu sein in dieser Verfassung.

„Komm, ich bring dich heim", sagte er, während er ihr nun unangenehm nahe kam. „Schon gut, Alex, ich komm alleine klar. Deine Bahn fährt ja noch, die müsste in ein paar Minuten kommen. Geh ruhig zurück zur Haltestelle, wir sehen uns Montag in der Uni." Sie wandte sich bereits ab, als Alex sie am Arm packte.

„Amina, bleib hier, ich bringe dich nach Hause!", sagte er erneut in einem bedrohlichen Tonfall und zog sie zu sich.

„Lass mich los!", schrie Amina, riss sich blitzschnell von ihm los und rannte.

2. Kapitel

Sie rannte und rannte. Ihr Atmen wurde zu einem Keuchen, Seitenstechen. Ihr Verfolger war ihr dicht auf den Fersen, das spürte sie. „Immer weiter rennen, irgendwann gibt er auf", dachte sie.

„Amina, bleib hier!" Eine aufgebrachte Frauenstimme. Sie blieb abrupt stehen, drehte sich um. Ihre Mutter rannte ihr nach, mit einem undefinierbaren Bündel im Arm.

„Wie kannst du einfach davonlaufen? Du hast Verantwortung!"

„Aber Mama ...", setze Amina an, während sie auf ihre Mutter zuging. Sie blieb irgendwo hängen, ihr linker Fuß hatte sich eingeklemmt. Sie stolperte und fiel.

Amina schlug die Augen auf. Ihr Herz pochte laut, als würde es rebellieren. Sie brauchte einen Moment, um zu realisieren, dass sie nur geträumt hatte.

„Was für ein dummer Traum", dachte sie, während sie sich ihre morgendliche Tasse grünen Tee zubereitete. Alex hatte sie im Laufe der Nacht noch dreimal versucht anzurufen, hinzu kamen einige Entschuldigungs-SMS:

„Tut mir leid, Mina, ich wollte dir keine Angst machen."

„Ich hoffe, du bist nicht sauer, geh bitte ans Handy!"

Und dann am Morgen: „Sorry, Mina, ich war echt betrunken gestern!"

Nein, sie war nicht sauer. Zugegebenermaßen hatte sie sich kurz erschreckt, aber sie kannte Alex gut genug, um zu wissen, dass ihn nun wirklich sein schlechtes Gewissen plagte und so etwas nicht nochmal vorkommen würde.

„Elbeflohmarkt. Trödel und Antikes" versprach das quietschbunte Banner, das am Brückengeländer der Albertbrücke befestigt war. Amina stieg die Treppen hinab auf das kopfsteinbepflasterte Areal direkt am Elbufer. Jeden Samstag gab es hier einen Flohmarkt, der von den frühen Morgenstunden an gut besucht war. Man fand hier wirklich alles: von uralten Spiegelreflexkameras über Kinderkleidung bis zu Kleinkram wie Porzellan-Vasen und Besteck. Ein Stand reihte sich an den nächsten.

Franzi war ausnahmsweise pünktlich und die Freundinnen schlenderten zusammen über den Markt. Es war ein kühler, aber sonniger Herbstmorgen. Wenige Wolken, ein klarer, blauer Himmel.

„Und wie läuft's mit Nicolai?", fragte Amina grinsend, während sie an einem Schmuckstand verschiedene Silberringe begutachteten.

Franzis Augen leuchteten sogleich auf: „Gut! Er ist wirklich süß."

„Du bist also mit ihm nach Hause gegangen gestern?", erwiderte Amina in gespielt seriösem Tonfall.

„Sehr witzig, wir wohnen zusammen. Ach Mensch, ich weiß doch, Sex mit dem Mitbewohner ist tabu, aber ich glaub, er steht echt auf mich und er ist voll mein Typ!", rief Franzi, eine Spur zu laut. Einige Leute drehten sich zu den Mädchen um, was diese wenig störte.

„Franzi, ist doch schön, wenn es passt. Mach dir nicht zu viele Gedanken, falls es nicht klappt, ziehst du halt bei mir ein", sagte Amina halblachend.

„Was ist mit dir, jemanden Interessantes gesehen auf der Party?"

Franzi wollte offensichtlich ablenken.

„Naja, ich habe mich mit einem Typen unterhalten, Sten heißt er. Der war ganz nett, aber ... keine Ahnung, auch ein bisschen komisch", meinte Amina kritisch. Von dem Streit und dem Flugblatt wollte sie vorerst nichts erwähnen.

„Hey Franzi!" Zwei Mädchen kamen auf Franzi zugestürmt. Sie war sichtlich unerfreut, dass ihr Gespräch mit Amina unterbrochen wurde, begrüßte beide aber trotzdem herzlich. Alle drei waren beim Uni-Sport aktiv und hatten irgendetwas Wichtiges zu bereden. Da Amina nicht unnütz danebenstehen wollte, ging sie ein Stückchen weiter.

An einem „Jedes Teil 50 Cent"-Stand begann sie, die Kartons zu inspizieren, ohne zu wissen, wonach sie suchte. Hinter einem weißen Teller mit Blumenverzierung fand sie schließlich eine blaue Glasmurmel. Sofort gefiel ihr der Gegenstand, sie ließ ihn von der einen zur anderen Hand rollen. Ihr Gesicht spiegelte sich leicht und verzerrt in der tiefblauen Farbe.

Die Murmel würde ihm auch gefallen, er würde sie genauso aufmerksam betrachten, wie sie es tat.

Gerade als sie die Murmel kaufen wollte, sah sie ein paar Meter entfernt eine große, blonde Gestalt, die ihr Fahrrad auf dem Radweg neben sich herschob, in ihre Richtung kommen. Sten. Sie überlegte, wie sie einer Begegnung entgehen konnte, da hatte er sie schon entdeckt und steuerte auf sie zu. Sie hatte nicht wirklich Lust mit ihm zu reden, es war ihr unangenehm. Sie wusste nicht, was sie von dem Flugblattvorfall halten sollte, und sowieso war sie eigentlich nicht auf Männerbekanntschaften aus.

„Hey Amina!", rief Sten, der nun nur noch knapp drei Meter entfernt war.

„Hey!", sagte Amina knapp aber lächelnd.

Sten schien Aminas abgeneigte Haltung zu bemerken, sein breites Lächeln schrumpfte, sein Blick wurde eindringlicher.

„Geht's dir gut?"

Manchmal hasste Amina ihre eigene Offensichtlichkeit. Jeder schien sie wie ein Buch lesen zu können, jeder schien zu wissen, was sie dachte und wie sie sich fühlte. Egal ob gut oder schlecht gelaunt, fröhlich oder traurig. Alle um sie herum schienen immer gleich zu bemerken, was mit ihr los war, sie konnte nichts geheim halten. Ein Grund, warum sie von zu Hause hatte wegziehen müssen.

„Ja, bei dem schönen Wetter haben Franzi und ich spontan beschlossen, hierher zu kommen. Was machst du heute?", erwiderte Amina in extra lockerem Tonfall.

„Ich war gerade beim Sport und werde jetzt erstmal ein paar Dinge erledigen. Was machst du heute Abend?"

„Ach, hier bist du! Ich ..." Franzi war von hinten an Amina herangetreten und stoppte nun mitten im Satz. Sie beäugte Sten wie ein seltenes Tier.

„Hi, ich bin Sten. Ich versuche gerade, deine Freundin nach einem Date zu fragen", warf Sten frech ein und grinste verschmitzt. Ein Blick in Franzis Gesicht verriet, dass er sie jetzt schon auf seiner Seite hatte.

„Na, dann lasse ich euch mal wieder alleine", entgegnete Franzi daraufhin zwinkernd und verschwand erneut.

„Sorry, ich habe heute schon was vor", sagte Amina, bereute ihre Worte jedoch sofort ein wenig. Sten nickte und verabschiedete sich.

„Von wegen ganz nett, der Typ ist der Hammer! Wie kannst du so jemandem einen Korb geben, du Monster!" Franzi war fast schon hysterisch, als sie auf dem Heimweg über Sten sprachen.

„Ja, er sieht gut aus, aber deshalb werde ich nicht alles stehen und liegen lassen", entgegnete Amina trotzig.

Franzi rollte mit den Augen, sie konnte nicht verstehen, wo das Problem lag. Amina verstand es eigentlich selbst nicht.

„Um 20 Uhr an der Semperoper, Sten", ließ Aminas Handy am Nachmittag verlauten. Sie saß gerade in der Bibliothek und versuchte, komplizierte Statistikformeln zu verstehen. Weshalb sie als Kommunikationswissenschaftlerin unbedingt Rangkorrelationskoeffizienten berechnen können musste, war ihr absolut nicht ersichtlich.

„Was denkt er eigentlich, wer er ist?", dachte Amina. Sie fand Sten in diesem Augenblick wirklich dreist. Sie hatte ihm doch gesagt, dass sie keine Zeit hatte. Auch wenn es gelogen war, das wusste er ja nicht. Er war es wohl gewohnt, jede Frau um den Finger zu wickeln.

Aber so sehr Amina auch die Coole sein wollte, es ließ sie nicht kalt.

„Woher hast du meine Nummer?", schrieb sie zurück.

„Wirst du kommen?", kam daraufhin sofort.

Sie seufzte. Sollte sie nachgeben? Seine Bemühungen machten eigentlich keinen schlechten Eindruck und aus welchen Gründen er sich mit seinen Freunden stritt, ging sie nun wirklich nichts an, darüber sollte sie sich nicht den Kopf zerbrechen.

Amina war von ihrer gedanklichen Argumentation zwar selbst nicht ganz überzeugt, sagte aber zu.

Alex schrieb ihr ebenfalls kurz darauf, ob sie ihn am Abend treffen wolle, um eine alte Statistikklausur durchzusprechen. Ein weiteres Mal an diesem Tag sagte sie mit einer Ausrede ein vorgeschlagenes Treffen ab.

Es war kurz vor 20 Uhr. Amina saß in der Straßenbahn, Linie Nummer 9. Diese fuhr von ihrem Wohnheim direkt bis vor die Semperoper. Sie zupfte nervös an ihrem Rock herum. Fast eine Stunde hatte sie überlegt, was sie anziehen sollte. Sie wusste ja nicht einmal, was Sten vorhatte. Essen gehen, Cocktails trinken, in der Oper ein Stück ansehen? Hoffentlich nicht letzteres. Dafür wäre sie eindeutig underdressed.

Sie stieg am Theaterplatz aus und ging langsam in Richtung Oper, mit schnellem Blick das Areal absuchend. Er schien noch nicht da zu sein. Sie verfluchte sich dafür, sich herbestellt haben zu lassen. Jetzt stand sie hier in ihrem Blümchenrock und der zu dünnen Strumpfhose und würde auf Sten warten müssen. Sie hasste es zu warten.

„Hübsch siehst du aus."

Amina erschrak kurz, als neben der Schinkelwache, einem Gebäude, das den Theaterplatz säumte und in dem der Kartenverkauf für die Semperoper und ein Café untergebracht waren, ein Schatten hervortrat, der die Gestalt von Sten annahm. Er war also doch pünktlich.

„Was machen wir jetzt?", fragte Amina, nachdem sie sich begrüßt hatten. Sten trug einen offenen Wollmantel, darunter ein silber-graues Hemd, unter dem sich seine Muskeln abzeichneten und eine dunkle Jeans. Stil hatte er.

„Wart's ab!", meinte Sten zwinkernd und deutete ihr, ihm zu folgen. Der Platz war leer. Falls heute eine Veranstaltung in der Oper war, musste der Einlass bereits vorüber sein.

Warmes Licht drang aus den zahlreichen Fenstern des Opernhauses und ließ eine festliche Stimmung im Innern vermuten. Die Semperoper war eines der Symbole des Wiederaufbaus Dresdens nach dem Zweiten Weltkrieg. Schon zuvor war das Gebäude 1869 durch einen Brand völlig zerstört – und anschließend wieder nach den Plänen Gottfried Sempers errichtet worden. Dieses Opernhaus war nun also die dritte Semperoper.

Sten und Amina gingen auf die Oper zu, steuerten jedoch in Richtung des kleinen Weges, links an dem Gebäude vorbei. Amina war nun wirklich gespannt. Sie hatte keine Ahnung, was Sten vorhatte.

Immer wieder strich sie sich durchs Haar, das durch die ständig einsetzenden Luftstöße zerzaust wurde. Der Himmel hatte sich zugezogen, ein Unwetter nahte.

Ein Treppenabschnitt führte zu einem sandstein-farbenen, rechteckigen Gebäude mit Flachdach, das direkt an die Semperoper angrenzte und durch einen gläsernen Gang im obersten Stockwerk mit dieser verbunden war.

„Was ist das für ein Gebäude?", fragte Amina Sten.

„Darin ist eine zweite, kleine Bühne, Semper 2, und Probe-und Umkleideräume", entgegnete Sten, während er ihr die Tür aufhielt. Also würden sie sich doch ein Stück ansehen?

Dem Wachmann an der Tür nickte Sten zu, woraufhin dieser ihnen die Tür zum Treppenhaus per Knopfdruck öffnete.

Sie gingen zwei Stockwerke nach oben und dann einen langen Gang entlang. Je weiter sie vorankamen, desto lauter nahm Amina den Klang von Orchestermusik wahr. Von hier aus konnte man das Spielen der Staatskapelle in der Semperoper hören. Amina war fasziniert.

Vor einer der Türen am Ende des Gangs blieben sie stehen. Sten zog einen Schlüssel hervor und schloss auf. Modrige Luft kam ihnen entgegen.

Vor ihr lag ein etwa 12 Quadratmeter großer, dunkler Raum, der durch unterschiedlich dicke Kerzen, die überall verteilt waren, schwach aber gemütlich erhellt wurde. In einer Ecke standen verschiedene, undefinierbare Gegenstände, durch eine schwarze Plane halb abgedeckt.

Mitten im Raum waren zwei abgenutzte orangegrüne Sofas platziert, zwischen ihnen ein kleiner Tisch, auf dem eine Flasche Rotwein stand. Von hier aus war der Klang der Instrumente aus dem Opernhaus so deutlich, als würden sie sich direkt im Opernsaal das Stück ansehen.

„Gefällt's dir? Ich dachte, ich organisiere uns eine kleine Privatvorstellung, leider ohne Bild, dafür mit Wein", sagte Sten keck.

Amina war auf irgendeine Art und Weise gerührt. Das war anders, als sich in der Mensa zum Mittagessen zu verabreden oder sich in irgendeiner Bar in der Neustadt zu treffen. Hier waren sie alleine, konnten sich unterhalten und wurden in angenehmer Lautstärke zudem von der Sächsischen Staatskapelle unterhalten.

Amina schaute sich interessiert um, während sie gegenüber von Sten auf einem der Sofas Platz nahm.

„Der Raum ist eigentlich eine Abstellkammer, ein Kumpel von mir nutzt ihn, um sein altes Schlagzeug und anderen Kram unterzubringen", erklärte Sten, auf den schwarzen, abgedeckten Berg aus Gerümpel in der Ecke zeigend. „Sein Vater arbeitet in der Oper. Wir treffen uns ab und zu hier, fünf Jungs haben einen Schlüssel für den Raum. Frauen sind normalerweise verboten, aber für dich mache ich eine Ausnahme." Schiefes, umwerfendes Lächeln.

Amina überging jegliche Flirtversuche und lenkte schnell zu einem anderen Thema über. „Weißt du, was heute in der Oper gespielt wird?" Sie war nicht wirklich gut darin, eine Konversation mit einem fast Unbekannten zu führen. Es fiel ihr schwer, sich locker zu verhalten, wenn sie jemanden nicht gut kannte. Deshalb hatte sie sich angewöhnt, möglichst viele Fragen zu stellen und den anderen reden zu lassen, bis sie selbst auftaute.

„Ballett. *Giselle* heißt das Stück. Giselle ist ein Bauernmädchen, in das sich Prinz Albrecht verliebt. Albrecht ist eigentlich schon verlobt, beginnt aber, sich für einen Bauern auszugeben und um Giselle zu werben. Giselle verliebt sich schließlich auch, erfährt aber irgendwann von Albrechts wahrer Identität und stirbt an gebrochenem Herzen, oder so. Drama pur."

Amina musste lachen. „Du kennst dich ja richtig gut aus."

„Na klar", entgegnete Sten ebenfalls lachend, wurde aber sofort wieder ernster und schaute sie wieder mit diesem eindringlichen Blick an, mit dem er schon auf der WG-Party ihre Aufmerksamkeit erregt hatte. „Aber jetzt mal zu dir, erzähl mir was von dir", sagte er.

Amina griff nach ihrem Weinglas, das Sten mit dem Rotwein gefüllt hatte.

„Ähm, naja, was willst du denn wissen?", fragte sie nervös.

„Alles." Die eisblauen Augen fixierten sie. Warum nur konnte ihr in seiner Gegenwart vom einen auf den anderen Moment so unbehaglich zumute werden?

„Ich heiße Amina, bin 21 Jahre alt, komme aus einem Dorf im Süden und dachte, es wäre eine gute Idee zum Studieren nach Dresden zu ziehen." Irgendwie klang das Ganze ausgesprochen nicht ganz so gewitzt, wie sie sich das gedacht hatte. Großer Schluck Rotwein.

Sten schmunzelte. „Wieso gerade Dresden?"

„Mir gefällt die Stadt und es ist weit weg von zu Hause." Amina spürte, wie ihr der Wein etwas zu Kopf stieg. Nur nicht zu viel erzählen.

„Warum wolltest du weit weg von zu Hause? Gefällt's dir da nicht?", fragte Sten weiter.

„Naja, doch schon ... Wieso studierst *du* denn hier, kommst du aus der Gegend?"

Sten räusperte sich. „Nein, ich habe in Berlin Abitur gemacht. Ich bin öfters umgezogen früher." Er erzählte von den Berufen seiner Eltern, die einen Umzug immer wieder notwendig gemacht hatten.

Die Zeit verging und die Flasche Wein leerte sich. Amina und Sten unterhielten sich gut, doch keiner wollte den Fokus zu sehr auf sich selbst ziehen, und so blieb das Gespräch eher oberflächlich. Sten hatte eine lebhafte Art zu erzählen, er war natürlich und schien einfach das zu sagen, was ihm in den Sinn kam. Gleichzeitig wusste er, seinen Charme gekonnt einzusetzen und Amina zum Lachen zu bringen.

Es waren nur Augenblicke, in denen das Geschehen kurz still zu stehen schien, in denen Amina in Stens Gesicht etwas Sorgenvolles, etwas sehr Ernsthaftes sehen konnte und merkte, dass ihn etwas beschäftigte. In diesen Sekunden spürte sie, dass nicht alles an ihm so konform war, wie er vorgab, wie die Situation es ihr vorgaukelte. Doch sie konnte es nicht greifen, ihr Gefühl an nichts Offensichtlichem festmachen und so verflogen diese Sekunden, ohne Amina im Gedächtnis zu bleiben.

Die Musik war schon vor einer Weile verstummt und so beschlossen auch Sten und Amina, ihr Treffen in der kerzenbeleuchteten Rumpelkammer zu beenden und sich auf den Heimweg zu begeben. Draußen war es nun mittlerweile noch frischer und Amina verschränkte beim Verlassen des Gebäudes sofort die Arme vor der Brust.

„Ist dir kalt?", fragte Sten sogleich.

„Ja, aber geht schon", antwortete Amina, damit er nicht noch fragte, ob sie seine Jacke haben wollte.

Als sie an der Haltestelle auf ihre Straßenbahnnen, die jeweils in die entgegengesetzten Richtungen fuhren, warteten, sahen sie sich immer wieder kurz an und wussten, dass sie das Treffen eigentlich beide gerne fortgeführt hätten. Es war noch nicht allzu spät, sie hätten noch in eine Bar gehen oder sonst etwas machen können. Doch Sten schlug nichts vor und Amina tat dies ebenso wenig und so verabschiedeten sie sich etwas holprig, als Aminas Straßenbahn schließlich zuerst kam. Auf der Rückfahrt dachte sie darüber nach, ob das Date nun aus Stens Sicht gut verlaufen war und er sie nach einem zweiten Treffen fragen würde. Sie mochte ihn jedenfalls. „Versteif dich nicht gleich auf den Typen!", mahnte ihre innere Stimme sofort.

Kaum war sie zu Hause angekommen, piepte ihr Handy. Sie kramte es sofort aus der Tasche, in der heimlichen Hoffnung, Sten könnte ihr geschrieben haben.

„Morgen gleiche Zeit, gleicher Ort?!"

Sie grinste breit und antwortete fünf Minuten später:

„Geht klar!"

Den ganzen Sonntag fieberte Amina auf den Abend hin und schaffte es nicht wirklich, sich auf ihre Uni-Aufgaben zu konzentrieren. Gegen Nachmittag traf sie sich mit Franzi in der Stadt auf einen Kaffee. Kaum hatten sich die Mädchen zur Begrüßung umarmt, begann Franzi auch schon Amina auszuquetschen. Amina hatte ihr natürlich schon im Vorfeld darüber berichtet und Franzi war beruhigt gewesen, dass Amina die Chance nicht hatte verstreichen lassen.

„Na, wie war dein Date mit Sten?"

„Wir haben uns gut unterhalten, er ist ein netter, witziger Typ", erwiderte Amina betont unbedeutend. Aber Franzi durchschaute ihre gleichgültige Art.

„Du stehst auf ihn, oder?", kam sogleich.

„Ich kenn ihn doch noch kaum. Wir treffen uns später wieder …"

Franzi unterbrach sie sofort aufgeregt: „Heute gleich das zweite Treffen? Dann mag er dich aber scheinbar auch wirklich! Du hast dir gleich im ersten Semester so einen heißen Kerl geangelt, du Glückliche!", lachte Franzi.

„Naja, das muss noch nichts heißen, erstmal abwarten", antwortete Amina, freute sich aber innerlich über Franzis Reaktion.

Amina traf Sten vor der Semperoper. „Schön, dass wir uns heute wiedersehen", sagte Sten lächelnd. Amina wusste nicht, was sie auf Stens Worte erwidern sollte, und verfluchte sich wieder einmal für ihre Befangenheit.

Sie steuerten wie am Vortag auf das kastenförmige Gebäude hinter der Oper zu und gingen in den kleinen Abstellraum. Wieder stand eine Flasche Rotwein bereit und Musik ertönte gedämpft vom Opernsaal zu ihnen.

Amina war heute schon etwas lockerer und erzählte von ihrem Studium. Sten schien überaufmerksam jeden ihrer Sätze aufzunehmen, als wolle er alles auf einer inneren Kassette speichern und bei Bedarf erneut abspielen.

Als er sich vorbeugte, um sich ein weiteres Glas Wein einzuschenken, fiel Aminas Blick auf sein Handgelenk. Sein Hemd war durch die Bewegung am Arm etwas hochgerutscht und bot Blick auf ein kleines Tattoo, einen Halbmond.

Amina drehte den Kopf, um es besser zu erkennen.

„Du hast ein Tattoo?", fragte sie.

Stens Miene veränderte sich sofort, sein Blick wurde härter und ernster. Er räusperte sich und zog den Arm schnell von der Flasche weg, als hätte er sich verbrannt. „Ähm ja, naja, das ist eher eine Jugendsünde."

Amina war irritiert von seiner Reaktion und sagte erstmal nichts mehr. Sten blickte kurz auf den Boden, stand dann auf, murmelte etwas von „Toilette" und verschwand.

Amina blieb verdutzt zurück. Hatte sie etwas Unangemessenes wissen wollen oder war ihm zu nahe getreten? Sie hatte doch eine ganz harmlose Frage gestellt. Ihr war unwohl zumute. Wieso verhielt sich Sten so seltsam? Wieso konnte er in Sekundenschnelle von fröhlich auf ernst und abweisend umschalten?

Sie griff nach ihrer Tasche und verließ ebenfalls den Raum. Dieser Typ war ihr zu wechselhaft, sollte er doch alleine Wein trinken, wenn er sie wegen einer normalen Frage alleine sitzen ließ.

Als sie die Tür hinter sich schloss, kam Sten ihr gerade mit großen Schritten entgegen. „Wo willst du hin?", fragte er, nun wieder in sanftem Ton, mit freundlichen, eisblauen Augen.

„Ich habe morgen zur ersten Stunde Uni, ich muss langsam nach Hause, sonst verschlafe ich mal wieder", versuchte Amina ebenfalls nett zu antworten und hoffte, nicht erzählt zu haben, dass sie grundsätzlich nie verschlief.

Zu Hause warf sie sich vor ihren Laptop, um sich von diesem seltsamen Abend abzulenken. Als jetzt ihr Handy bimmelte, war es eine Nachricht von ihrer Mutter: „Wie geht's dir? Uns geht es gut, wir vermissen dich!"

Ihr Herz schien für einen Moment ganz schwerfällig zu schlagen. Eine quälende Traurigkeit überfiel sie, der Gedanke, dass sie alles falsch machte. Schnell schrieb sie zurück:

„Mir geht es auch gut, bitte kommt mich bald besuchen!"

3. Kapitel

So langsam nahm der Herbst Dresden immer mehr ein. In der Neustadt saßen Freitagabend nicht mehr allzu viele Studenten mit einem Bier in der Hand auf der Straße. Nach einem heißen Sommer voller Farben und glitzernder Nächte an der Elbe wurde nun die ganze Stadt in weniger einladende Töne getunkt. Als hätten all die Touristen das Strahlen der barocken Schönheit eingepackt und mitgenommen.

Aminas Leben beschränkte sich jetzt hauptsächlich auf das Lernen und das Vorbereiten von Referaten in der Bibliothek. Frühstück in der Cafeteria, Mittagessen in der Mensa, zwischendrin Kaffeepause mit Franzi und schließlich nach Hause gehen, wenn es schon dunkel war. So vergingen die Tage. Der Gedanke, dass Sten sich seit ihrem letzten Treffen nicht mehr gemeldet hatte, versetzte Amina jedes Mal einen Stich ins Herz, den sie mit nicht weiter definierten „Besser so"-Selbstüberzeugungen beiseiteschob.

Doch ein bevorstehendes Ereignis konnte sie wirklich ablenken: der Besuch ihrer Mutter. Sie fieberte ihm entgegen wie ein kleines Kind dem Weihnachtsabend.

Auch an diesem Tag saß sie zwischen hunderten anderen Studenten in der Bibliothek und versuchte, sich zwischen tausendfachem Tastaturklicken, Papierknistern und verzweifelten Seufzern zu konzentrieren.

Auf einmal leuchtete ihr Handy auf: „Hast du heute Abend Zeit?"

Eine Achterbahn fuhr durch ihren Magen. Wieso meldete er sich ausgerechnet jetzt? Sie würde ihn auf jeden Fall erst einmal abblitzen lassen, auch wenn sie sich ein bisschen freute, dass er sie wohl doch noch nicht ganz vergessen hatte.

„Sorry, muss lernen", antwortete sie prompt. Das wäre wohl eindeutig.

Ein paar Minuten später kam „Schade" zurück. Fand sie eigentlich auch.

„Mina, machen wir 'ne Pause?" Alex kam mit seiner Wasserflasche in der Hand an ihren Tisch geschlendert. Auch er war jeden Tag hier in der Bibliothek.

„Ja ok, ich kann mich gerade eh nicht mehr konzentrieren", erwiderte Amina.

Sie nahmen die Stufen hinauf zur Cafeteria, während sie sich darüber unterhielten, ob es sinnvoll sei, zur Statistikvorlesung in einer Stunde zu gehen.

„Ich verstehe das sowieso nicht! Und es ist langweilig. Und ich muss mein Referat für Inhaltsanalyse noch vorbereiten."

Alex ließ alle ihre Ausreden nicht gelten. Natürlich hatte er vor, zur Vorlesung zu gehen, Amina wusste nicht, ob er jemals auch nur eine einzige hatte ausfallen lassen.

Nachdem Amina sich eines der übriggebliebenen, klebrigen süßen Stückchen und einen grünen Tee besorgt hatte, zogen sie sich ins hinterste Eck der Cafeteria zurück und plauderten weiter. Amina war wirklich froh, Alex als Freund zu haben. Er war einer der Menschen, bei denen sie nicht das Gefühl hatte, sich verstellen oder etwas Besonderes darstellen zu müssen, das sie nicht war. Sie konnte ihm sagen, dass sie sonntags gerne den ganzen Tag in einem unansehnlichen Schlafanzug im Bett lag und einfach nichts tat, anstatt übermotiviert um sieben Uhr joggen zu gehen und gesunde Kochrezepte auszuprobieren, oder wie dumm sie sich fühlte, wenn ihre Kommilitonen in den Seminaren begannen, auf höchstem Niveau zu diskutieren, und sie kaum verstand, um was es überhaupt ging. Er verurteilte sie nicht und es schien ihn wirklich zu interessieren, was sie zu erzählen hatte.

Als das Gespräch über Uni-Angelegenheiten verstummt war, fragte Alex unbeholfen: „Und was für eine Party steht dieses Wochenende an?"

„Hmm", grummelte Amina und überlegte, was Franzi vor ein paar Tagen vorgeschlagen hatte. „Ich glaube, es ist eine Mediziner-Party im alten Schlachthof." Die Mediziner schmissen grundsätzlich die aufwändigsten Partys, hatte Amina gehört.

„Du hörst dich ja sehr begeistert an", lachte Alex.

„Ich habe einfach nicht allzu große Lust, ständig auf jeder Party zu sein." Amina zupfte an ihrem Gebäck herum.

„Wieso machst du es dann?", Alex klang nun ernster.

Ja, warum machte sie es dann? Vermutlich, um Franzi als Freundin nicht zu verlieren oder sich zumindest nicht von ihr zu entfernen. Vielleicht aber auch, um das wiederzufinden, was sie verloren hatte. Die Leichtigkeit, die Unbeschwertheit. Das Gefühl, dass sie jung und unsterblich war und machen konnte, was immer sie wollte.

Während Amina einen inneren Dialog führte, sah Alex sie einfach nur an und wartete, als wüsste er schon, dass er ein heikles Thema angesprochen hatte.

Amina wusste selbst nicht wie ihr geschah, als sie sich plötzlich sagen hörte: „Da war diese eine Party. Ich war mit meinen damals besten Freundinnen dort. Wir haben ziemlich viel getrunken, wie eigentlich jedes Wochenende. Wir hatten richtig Spaß, haben jedes Lied lauthals mitgesungen und wild getanzt." Sie schmunzelte kurz.

„Irgendwann kam der Punkt, an dem wir uns aus den Augen verloren und jeweils einfach andere Leute anquatschten und mit denen weiterfeierten. Ich habe mich zu einer Gruppe Jungs gesellt. Sie waren laut und lustig drauf, und da ich das einzige Mädchen war, hatte ich die volle Aufmerksamkeit. Sie haben mir immer mehr Getränke spendiert, mit mir getanzt, mir Komplimente gemacht. Ich erinnere mich an kein Gesicht mehr. Meine Freundinnen und ich waren an diesem Wochenende nicht in unserer Stammdisko, sondern auf einem Dorffest, etwas weiter entfernt von meinem Heimatort. Es fand in einem riesigen Zelt statt. Es war furchtbar eng, so viele Leute waren dort, wir kannten aber niemanden. Naja, das ganze geriet außer Kontrolle. Das letzte, an das ich mich erinnere, ist, dass mir wirklich schlecht wurde und ich mich an einem der Jungs festgehalten habe, um nicht umzukippen. Ich glaube, er hat mit mir das Zelt verlassen, aber ich weiß es nicht sicher. Ich weiß nichts mehr sicher aus dieser Nacht." Aminas Stimme wurde leise und belegt. „Am nächsten Morgen bin ich in meinem Bett aufgewacht, mit einem schrecklichen Kater und keiner einzigen Erinnerung an den Rest des Abends. Ich stand völlig neben mir und wusste, dass irgendetwas nicht stimmte. Ich hatte keine offensichtlichen Blessuren, aber mein Körper fühlte sich irgendwie ... seltsam an. Ich spürte, dass ..." Sie unterbrach sich für einen Moment und setzte an einer anderen Stelle wieder an.

„Ich hatte natürlich zu viel getrunken, aber dass ich nicht den leisesten Schimmer hatte, wie ich überhaupt nach Hause gekommen war, machte mich doch stutzig. So betrunken war ich zuvor nie gewesen. Noch bevor ich einen Fuß aus dem Bett gesetzt habe, rief ich eine meiner Freundinnen an, die mit mir auf der Party gewesen war, um sie zu fragen, was sie noch von dem Abend wusste. Im Gegensatz zu mir hatte sie keinen Black-out. Sie erzählte mir, dass sie, nachdem sie auf der Toilette gewesen war, uns nicht mehr sofort wiedergefunden und deshalb eine Weile mit irgendeinem Typen getanzt hat. Dann sind sich meine Freundinnen wieder begegnet und es sind wohl Stunden vergangen, bis sie mich schließlich vor dem Zelt entdeckt haben. Ich war kaum ansprechbar und die zwei sind davon ausgegangen, dass ich einfach völlig betrunken war. Wir sind dann mit einem Taxi zurückgefahren und meine Freundinnen haben mich bis zur Wohnung begleitet. Als ich die ganze Geschichte gehört hatte, kam mir der Verdacht, dass K.O.-Tropfen oder so etwas im Spiel gewesen sein müssten, dass jemand meinen Zustand absichtlich herbeigeführt hatte, um mich gefügig zu machen. Aber mir war die Situation einfach nur unangenehm. Ich wollte gar nicht so genau wissen, was eigentlich passiert war. Ich habe auch meiner Mutter nichts von dem Vorfall erzählt. Ich wollte nicht, dass sie denkt, ich würde mir das alles ausdenken und versuchen, die Schuld für meinen Filmriss irgendeinem Unbekannten zuzuschieben. Ich konnte ja auch nicht sicher sein, dass ich nicht doch einfach viel zu viel Alkohol getrunken und mich an einen der Jungs rangeschmissen hatte. Ich habe mich einfach nur geschämt und dachte, es sei das Beste, so zu tun, als wäre nichts passiert. Ich war so schrecklich unbeholfen."

Amina stoppte ihren Redefluss, um Luft zu holen. Sie hatte es tatsächlich jemandem erzählt. Die ganze Geschichte. Fast die ganze Geschichte. Dieses eine Detail natürlich nicht.

Alex starrte schockiert vor sich hin, er hatte offensichtlich verstanden, worum es ging, auch wenn Amina es nicht direkt ausgesprochen hatte. Mit so einer Story hatte er nicht gerechnet.

„Mina ... Ich weiß nicht, was ich sagen soll, das ist ja schrecklich! Wenn ich gewusst hätte ... Ich meine, dieses eine Mal, als ich so betrunken war ... Ich ..." Er brach sein Gestotter ab.

„Nein, schon gut, du wusstest ja nichts davon. Ich kann mich ja auch nicht zu Hause einsperren, um nie mehr in eine derartige Situation zu geraten. Das habe ich schon zu lange gemacht. Ich muss auch mal wieder weggehen können und Spaß haben."

Jetzt kamen ihr die Tränen. Alex rutschte näher und zog sie in seinen Arm. So saßen sie eine Weile da.

Wenig später waren sie doch in der Statistikvorlesung, Alex hatte darauf bestanden.

Amina saß nun zwar im Vorlesungssaal, war mit den Gedanken aber ganz woanders. Sie fühlte sich irgendwie nackt, jetzt, wo Alex dieses Geheimnis kannte. Sie war sich sicher, dass er es nicht herumerzählen würde, aber immer wieder beschlich sie das Gefühl, dass es falsch war, sich einer Person, die sie noch nicht allzu lange kannte, so zu öffnen. In Gedanken versunken malte sie in ihrem Collegeblock herum, als sie plötzlich seitlich angestupst wurde. Alex versuchte, ihre Aufmerksamkeit zu erlangen, und Amina sah auch sofort weshalb: Der Professor, Herr Heinrich, steuerte in ihre Richtung und schien sie direkt anzusehen. Er war Ende 50, hatte einen Wohlstandsbauch und sprach in ausgedehntem Sächsisch. Er wirkte meistens wie ein netter Großvater, der seinen Enkeln ein paar Rechentricks beibringen wollte, und lachte gerne über seine eigenen Witze.

„Ja nun, junges Fräulein …", er schien tatsächlich Amina anzusprechen, er stand jetzt direkt an ihrem Platz. Sie blinzelte ihn erschrocken an: „Wie bitte?" Er seufzte, sah aber nachsichtig aus.

„Können Sie mir sagen, ob der Wert signifikant ist oder nicht?" Amina schoss das Blut ins Gesicht. Sie hatte keine Ahnung, um was es in der Vorlesung ging, sie hatte nach den ersten zehn Minuten abgeschaltet.

„Äh …", hilfesuchend wandte sie sich zu Alex, der daraufhin für sie antwortete. Nicht richtig zufrieden darüber, dass Amina die Lösung nicht gewusst hatte, bejahte Herr Heinrich Alex' Antwort und spazierte wieder zum Overhead-Projektor.

„Danke!", murmelte Amina.

Als sie im Bus saß, war sie auf einmal irgendwie belebt und etwas aufgekratzt. Es war raus. Nicht alles, aber einiges. Sie hatte es erzählt, und Alex war zwar betroffen, aber nicht von ihr angewidert gewesen, er hatte ihr nicht zu verstehen gegeben, dass es ihre eigene Schuld war, was sich in jener Nacht ereignet hatte.

Es war nicht wichtig, was in ihrer Vergangenheit passiert war, es definierte sie nicht. Zu oft hatte sie versucht, sich das einzureden, doch heute konnte sie es zum ersten Mal wirklich fühlen. Positiv gestimmt zog sie ihr Handy aus der Jackentasche und tippte schnell, ehe sie sich umentscheiden konnte. Gesendet.

Hoffentlich würde er nicht abweisend reagieren. Als sie die Tür zu ihrer Wohnung aufschloss, piepte ihr Handy. Schnell kramte sie es hervor, in der Hoffnung, es sei Stens Antwort. „Sehr gerne. 20 Uhr im Canapé?"

Amina kannte sich nicht allzu gut mit den zahlreichen Kneipen, Bars und kleinen Clubs in der Neustadt aus, aber das Canapé kannte sie. Es war eine Bar in der Alaunstraße, eine der belebtesten Straßen in diesem Viertel.

Ein Lächeln breitete sich auf ihrem Gesicht aus, als sie „Geht klar!" zurückschrieb.

Ein frischer Wind zog durch die Alaunstraße, als Amina diese entlanglief, in Richtung Canapé. Vom Barbecue-Steakhouse über Spiele-Bars bis hin zu asiatischen Restaurants gab es in dieser Straße alles, was das Herz begehrte. Sie hatte ein besonderes Flair, und vor allem die Studenten waren stolz auf ihr alternatives, cooles Stadtviertel. Amina würde vermutlich auch hier wohnen, wenn sie nicht im Wohnheim untergekommen wäre, dachte sie manchmal. Oder vielleicht auch nicht, die schönen Altbauten hatten ihren Preis und der Weg zur Uni war verhältnismäßig lang. Sie war ziemlich zufrieden mit ihrer Wohnlage, sie konnte mit Straßenbahn und Bus alles schnell erreichen und war zu Fuß in fünf Minuten in der Altstadt.

Amina beschleunigte ihren Schritt, als der Wind schärfer wurde und verschränkte die Arme vor der Brust. Trotz der Kälte strahlte die Gegend eine einladende Gemütlichkeit aus.

Schließlich öffnete sie die Tür zum Canapé und trat ein. Im Eingangsbereich blieb sie zunächst stehen und schaute sich um. Links neben ihr war eine lange, mit LED-Lichtern beleuchtete Bar, mit einer Vielzahl von Flaschen bestückt und einem geschäftig wirkenden Barkeeper, der einen Cocktail zubereitete. Der Raum war dunkel gehalten, die der Bar gegenüberliegende Sitzecke bestand aus mehreren niedrigen schwarzen Sofas und dunklen Holztischen. Geradeaus führte eine Treppe nach unten, der Beschilderung nach zu urteilen befand sich dort der Raucher-und Shisha-Bereich.

Nach einem zweiten Blick durch den Raum bemerkte Amina, dass Sten bereits an einem der hinteren Tische saß, den Blick auf eine Getränkekarte in seinen Händen gerichtet. Amina wurde augenblicklich nervös. Ihr wurde jetzt erst wirklich bewusst, wie seltsam die Situation eigentlich war, nach ihrem letzten Treffen und der längeren Funkstille danach. Sie bereute sofort ein wenig, doch noch dem Treffen zugestimmt zu haben, versuchte sich aber zusammenzureißen, während sie auf

Sten zuging. Er lächelte sie an, schien sich aber ebenfalls etwas unwohl zu fühlen. Ungelenk umarmten sie sich kurz und saßen sich dann gegenüber.

„Was hast du die letzte Zeit so gemacht?", fragte Sten und fixierte sie wieder einmal mit seinem unergründlichen Blick. Amina begann, von bevorstehenden Klausuren und Referaten zu erzählen, bedacht darauf so zu wirken, als wäre sie so beschäftigt gewesen, dass es ihr gar nicht aufgefallen war, dass er sich mehrere Wochen nicht gemeldet hatte. Eine Weile plätscherte das Gespräch so vor sich hin und beide griffen in den auftretenden Gesprächspausen immer wieder zu den Cocktails, die sie zwischenzeitlich bestellt hatten. Amina hatte das Gefühl, dass sie nicht mehr richtig warm miteinander wurden. Als sei die Magie, die sie immer wieder empfunden hatte, als sie in dem engen Abstellraum in der Oper gesessen hatten, verflogen.

Als Amina sich wirklich zu wünschen begann, sie wäre alleine zu Hause und würde ein gutes Buch lesen, stand Sten auf einmal auf und verschwand für einen Moment. Als er zurück war, nahm er seine Jacke und sagte: „Ich habe eben bezahlt. Komm, lass uns woanders hingehen." Amina, überrumpelt von der plötzlichen Aktion, nickte nur, zog sich ebenfalls ihre Jacke über und folgte ihm nach draußen.

Sie war verunsichert. Wollte er ihr Treffen beenden?

Sie ging ihm hinterher, als er mit großen Schritten die Straße überquerte. Er schien ein festes Ziel im Blick zu haben.

„Wohin gehen wir?"

Es war nun wirklich kalt draußen und Amina war nicht danach, ewig in der Gegend herumzulaufen.

Sten deutete auf ein graues Haus. Sie steuerten darauf zu und er öffnete die angelehnte Tür. Durch das Fenster neben der Tür konnte Amina hölzerne Tische und Stühle erkennen.

Sie standen nun in einem dunklen Flur. Sten lehnte sich in den Restaurantbereich und rief jemandem zu, ob heute oben geöffnet sei. Die Frage wurde bejaht, Sten lächelte zufrieden und ging voraus, eine lange Treppe hinauf. Amina konnte sich keinen Reim darauf machen, was das alles sollte, und die Ungewissheit versetzte sie in Stress. Sie stiegen bis zum Dach hinauf, die Treppenstufen nahmen kein Ende. Schließlich gingen sie auf eine Luke zu, die wieder ins Freie führte. Sie waren tatsächlich auf dem Dach des Hauses, besser gesagt auf einer Terrasse. Kleine Tische mit runden Metallplatten und Hocker standen herum, daneben Heizpilze. Leise Musik erklang von einer Anlage, die am Rand der Terrasse platziert war. Der Bereich vor der Musikanlage wurde von bunten Lichtern beleuchtet, es sollte wohl eine Tanzfläche darstellen. Das Ambiente war gemütlich, einige Tische waren besetzt, es wurde sich angeregt unterhalten. Auf Aminas Gesicht breitete sich ein zaghaftes Lächeln aus. Sten hatte wieder einmal ein Ass im Ärmel gehabt.

Sie setzten sich etwas abseits an einen Tisch, dicht zusammengerückt, um sich die bereitgelegte Decke zu teilen. Tatsächlich froren sie so nicht. Nach ein paar Minuten kam von unten eine Kellnerin herauf und nahm ihre Bestellung entgegen.

Augenblicklich besserte sich die Stimmung zwischen ihnen. Sie lachten viel und das Gespräch riss nicht mehr ständig ab. Amina dachte mehrere Male darüber nach, Sten zu fragen, was die mehrwöchige Funkstille und das seltsame Vorkommnis mit dem Tattoo bei ihrem zweiten Treffen zu bedeuten hatten, traute sich aber doch nie. Wohlwissend, dass es ein Fehler war, ein ungutes Gefühl einfach zu übergehen.

Nach einer Weile – es standen bereits einige tanzende Paare auf der kleinen Tanzfläche – wurde ruhigere Musik angestimmt.

„Darf ich um diesen Tanz bitten?", fragte Sten verschmitzt, stand auf und hielt Amina seine Hand hin.

„Oh Gott...", murmelte Amina daraufhin halblachend, ergriff seine Hand jedoch und folgte ihm zur Tanzfläche.

Als Sten seine Arme um Aminas Taille legte und sie daraufhin die Arme um seinen Hals schlang, schienen die Schmetterlinge, die jedes Mal zu flattern begannen, wenn Sten sie mit seinem hypnotisierenden Blick ansah, nun noch kräftiger mit ihren Flügeln zu schlagen. Auf so engen Körperkontakt war sie nicht vorbereitet gewesen, hatte das Date doch so schleppend begonnen. Sten war einfach undurchschaubar, im ersten Moment zurückhaltend und in sich gekehrt, im nächsten Moment wieder ganz der charmante Gentleman, der sie im Handumdrehen um den Finger wickeln konnte.

Langsam schwankten sie im Takt der Musik hin und her. Eine Weile war es still zwischen ihnen, dann fragte Sten auf einmal: „Amina ist ein schöner Name, woher kommt der?"

„Es ist ein arabischer Name, mein Vater kommt aus Algerien." Die Antwort kam schnell und machte deutlich, dass keine Nachfragen zu diesem Thema erwünscht waren.

Sten überging jeglichen unfreundlichen Unterton und erwiderte sanft: „Deshalb diese dunklen Augen."

Amina sah zu Sten. Niemals könnte sie mit seinen eisblauen Augen und seinem durchdringenden Blick mithalten. Er sah sie an, als könnte er ihre Gedanken lesen.

Ein Aufzug raste in freiem Fall durch Aminas Körper, als Sten sich zu ihr beugte und sie küsste. Es fühlte sich richtig und bestürzend zu gleich an.

Nachdem sie noch eine Weile zur Musik hin- und hergewippt waren, zahlten sie und traten den Weg zur Straßenbahn-Haltestelle an. Amina war nervös, Sten hatte sie mal wieder aus der Fassung gebracht.

„Wann hast du Uni morgen?", wollte Sten wissen.

„Erst am Nachmittag und auch nur zwei Vorlesungen."

Sie standen nun an der Haltestelle. Amina verschwand hinter ihrem Schal, die Hände hatte sie in den Jackentaschen vergraben.

Sten warf einen Blick auf die Anzeigetafel. Die nächste Straßenbahn kam in drei Minuten. Er räusperte sich und sagte: „Willst du vielleicht noch mit zu mir kommen? Sind nur zwei Stationen von hier aus."

Amina wusste einen Moment nicht, was sie antworten sollte. Was erwartete er jetzt von ihr?

„Ähm ja, ok", antwortete sie dann, überlegte währenddessen jedoch schon krampfhaft, wie sie eventuell unangenehme Annäherungsversuche höflich ablehnen konnte. Hoffentlich würde es gar nicht so weit kommen. Sie ärgerte sich, dass sie nicht gleich abgelehnt hatte, wieso konnte sie eigentlich nie „nein" sagen, wenn sie etwas nicht wollte?

Die Bahn kam langsam herangefahren, Amina konnte es kaum erwarten, der Kälte zu entkommen. Schweigend fuhren sie die zwei Haltestellen bis zu Stens Wohnung. Er wohnte gleich gegenüber der Straßenbahnhaltestelle. Leise tapsten sie durch den dunklen Flur der Wohnung, Sten nahm an, dass seine beiden Mitbewohner schon schliefen. In seinem Zimmer konnte dann wieder lauter geredet und das Licht eingeschaltet werden. Der Raum hatte eine gute Größe. Ein Doppelbett mit dunkler Bettwäsche stand an der Wand am Fenster, ein Schrank, mehrere Bücherregale, ein unordentlicher Schreibtisch und eine Sitzecke waren außerdem in dem Zimmer verteilt. Ein paar Poster hingen an den Wänden, persönliche Fotos gab es keine.

„Das ist mein bescheidenes Reich", spaßte Sten und machte sich gleich darauf auf den Weg in die Küche, um ihnen Wasser zu holen. Amina schaute sich noch ein wenig um und nahm dann steif auf dem Sofa Platz. Ganz geheuer war ihr die Situation immer noch nicht. Sie hielt Sten zwar prinzipiell nicht für einen Aufreißer, aber sie traute ihm nicht. Sie musste ihn unbedingt fragen, was die lange Funkstille zu bedeuten gehabt hatte. Oder war das wieder zu aufdringlich, wie die Frage nach dem Tattoo? Wirkte es, als hätte sie die ganze Zeit auf eine Nachricht von ihm gewartet? Sie verdrehte innerlich die Augen über ihren Gedanken-Monolog. Sie dachte wieder einmal viel zu viel darüber nach, was jemand von ihr halten könnte.

Sten kam wieder herein, stellte zwei große Gläser auf einen kleinen Beistelltisch und setzte sich dann neben sie auf das Sofa. Jetzt oder nie. Sie räusperte sich auffällig, Sten sah sie fragend an.

„Sag mal", setzte sie an, ohne ihn direkt anzusehen, „was war eigentlich nach unserem letzten Treffen? Da habe ich ja einige Zeit nichts mehr von dir gehört ..." Sie ließ den Satz so im Raum stehen.

Sten begann auf dem Sofa umherzurutschen, das Thema war ihm sichtlich unangenehm.

„Ja, stimmt. Du hast dich aber auch nicht gemeldet!", versuchte er locker einzuwerfen, wurde aber gleich wieder ernst.

„Naja, das Treffen war etwas seltsam am Ende, oder? Und ich hatte das Gefühl, du willst mich auch nicht unbedingt wiedersehen."

„Ausrede", dachte Amina sofort, nickte aber. Es würde nun sowieso nichts bringen, darauf herumzureiten.

„Was machen wir jetzt?", fragte sie stattdessen.

„Wollen wir einen Film gucken?", erwiderte Sten.

Nun saßen sie also auf Stens Bett nebeneinander, während dieser seinen Laptop nach einem geeigneten Film durchforstete.

Der Raum wurde nur noch durch eine kleine Lampe auf dem Nachttisch erhellt, so dass der Laptopbildschirm ihnen aggressiv entgegenstrahlte. Der Ausschnitt der Straße, der durch das Fenster vom Bett aus sichtbar war, wirkte äußerst friedlich. Der Schein einer leicht schiefen Straßenlaterne verriet, dass es draußen nieselte. Ansonsten war keinerlei Bewegung zu sehen.

„Manchmal denke ich, du kannst mich gar nicht leiden."

Amina erschrak ein wenig, als Stens Stimme plötzlich die Stille durchbrach. Sie wandte den Blick vom Fenster ab und schaute ihn an. Er hatte den Laptop zur Seite gelegt und fokussierte sie.

„Was?" antwortete Amina verdutzt.

„Du bist immer so kühl und distanziert. Und du beäugst mich dauernd so kritisch, als würdest du mir nicht trauen. Genau wie jetzt."

Amina musste kurz lachen. „Tut mir leid, so bin ich einfach. Ich kenne dich ja auch kaum und du bist so … undurchsichtig. Ich frage mich manchmal wirklich, was in dir vorgeht."

Nun grinste auch Sten. „Tja, eigentlich nichts Besonderes, ich frage mich nur, wie ich dich aus der Reserve locken kann und ob du mich leiden kannst."

Amina verdrehte theatralisch die Augen. „Klar, kann ich dich leiden."

„Na, dann zeig es mir auch mal." Stens Blick wurde intensiver, er lehnte sich zu ihr herüber und küsste sie. Das zweite Mal an diesem Abend und doch war es so aufregend, als wäre es der erste Kuss. Den Film schauten sie nicht mehr. Sie lagen einfach nur nebeneinander, aneinander geschmiegt. Sten hielt Amina fest in seinen Armen, als hätte er Angst, sie könnte ruckartig aufspringen und weglaufen. So schliefen sie irgendwann ein.

Amina wachte auf, als sie merkte, dass Sten sie von sich wegschob, um aufzustehen. Am Boden vibrierte sein Handy und er beabsichtigte wohl ranzugehen. Hastig nahm er das Gespräch an und verließ den Raum. Amina gähnte herzhaft und drehte sich auf die andere Seite. Sie hatte keine Lust schon aufzustehen, es konnte noch nicht allzu spät sein.

Als sie gerade wieder eingeschlafen war, merkte sie, wie Sten sich neben sie auf das Bett setzte. Sie drehte sich zu ihm um und öffnete die Augen einen Spalt weit, um ihn anzusehen.

„Ich muss dummerweise jetzt schon los, Amina. Bleib ruhig so lange liegen, wie du willst." Sten gab ihr einen Kuss auf die Stirn und war sogleich verschwunden. Amina hätte ihm am liebsten nachgerufen, er solle hierbleiben und sich wieder zu ihr legen, aber natürlich tat sie es nicht.

Eineinhalb Stunden später war Amina auch bereit, in den Tag zu starten. Da sie angezogen eingeschlafen war, ging sie nur schnell ins Badezimmer, um sich frisch zu machen. Sie hatte vor, am Fenster zu warten, bis sie die Straßenbahn herbeifahren sah und dann schnell hinunterzurennen. So viel Zeit wie möglich im Warmen warten, war ihr Motto.

Auf Stens Schreibtisch lag eine Packung mit Müsliriegeln und da ihr Magen bereits ziemlich knurrte, gönnte Amina sich einen. Als sie vor dem Schreibtisch stand und den Blick über das Chaos an Aufschrieben schweifen ließ, fiel ihr ein Blatt ins Auge. Das Flugblatt.

Wir erheben uns, um dem sinnlosen Treiben unserer Regierung, der Parteien des Bundestages und der Lobbyisten ein Ende zu setzen.

Wir schauen uns nicht länger an, wie deutsche Politik in Washington gemacht wird, wie Islamisten ganze Dörfer auslöschen und schließlich in Deutschland Asyl finden.

Wir hören uns die Lügen der gleichgeschalteten Presse nicht länger an, die Märchen, die uns Tag für Tag eingetrichtert werden.

Damit muss jetzt Schluss sein.

Wer genauso denkt, ist aufgefordert, sich uns anzuschließen, wer gegen uns, und somit gegen die Wahrheit und gegen ein freies Deutschland ankämpft, wird das Echo auf bittere Weise zu spüren bekommen.

Für unser Land!

Ante Noctem

Verdammt, das hatte sie schon fast verdrängt und nun fiel es ihr schon wieder in die Hand. Was bedeutete das nur?

Als sie das Blatt hochnahm, fiel ihr auf, dass etwas auf die Rückseite geschrieben war: „Donnerstag 18 Uhr", und darunter: „Halte dich von A fern!"

4. Kapitel

„Nächste Haltestelle: Rosa-Luxemburg-Platz", verkündete die Durchsage in der Straßenbahn. Amina hatte den Kopf an ein Fenster gelehnt und stierte hinaus.

Das Flugblatt und der Satz auf der Rückseite wollten keine Sekunde aus ihren Gedanken weichen. „Halte dich von A fern!"

War wirklich sie damit gemeint? „A" konnte jeder sein, Armin, Andreas, Anna ... So oder so musste sie endlich herausfinden, was Sten mit diesem Flugblatt zu tun hatte, warum es überall aufkreuzte. Sie könnte Sten fragen, aber würde er ihr die Wahrheit sagen? Bisher war er unangenehmen Fragen ausgewichen. Und würde es nicht aussehen, als würde sie ihm hinterherspionieren? Er würde ihr wohl kaum glauben, dass ihr dieses Flugblatt immer wieder zufällig in die Hände fiel.

Am besten, sie versuchte, unauffällig an Informationen zu gelangen. Vielleicht konnte sie herausfinden, wo er am Donnerstag um 18 Uhr sein sollte. Falls das Treffen nicht schon letzte Woche oder noch früher stattgefunden hatte.

Amina grübelte weiter vor sich hin, bis sie den Weg zur Uni hinter sich gebracht hatte und auf die Bibliothek zusteuerte.

Gleich im Eingangsbereich traf sie auf Franzi, die sie sofort in die Cafeteria zog.

„Alles gut bei dir?", fragte Amina, sobald sie Platz genommen hatte.

„Geht so", meinte Franzi zerknirscht. „Ich glaube, Nicolai trifft noch andere Mädels außer mir."

„Wie kommst du darauf?", wollte Amina wissen. Sie hatte die beiden noch nicht allzu oft zusammen gesehen, aber wenn, hatten sie immer einen sehr verliebten Eindruck gemacht.

„Er verlässt die letzte Zeit immer das Zimmer, um zu telefonieren, und lässt sein Handy keine Sekunde mehr aus den Augen. Ich darf es nicht mal mehr benutzen, um schnell etwas nachzuschauen."

Franzi erzählte noch eine Weile weiter. Nicolai benahm sich tatsächlich seltsam, aber Amina hoffte, dass es eine andere Erklärung dafür gab. Sie gönnte Franzi ihr Glück.

Schließlich kamen sie auf Aminas Liebesleben zu sprechen. Sie erzählte von ihrem letzten Treffen, sparte den Teil mit dem Flugblatt jedoch wieder aus. Sie vertraute Franzi, aber sie wollte einfach kein schlechtes Licht auf Sten werfen, solange sie selbst nicht wusste, was Sache war. Vielleicht gab es eine simple Erklärung für alles und Sten hatte sich gar nichts vorzuwerfen. Sie wollte gerne glauben, dass es so war, auch wenn sie nicht wirklich davon ausging. Es wäre schön, wenn in ihrem Leben einmal alles einfach wäre. Unkompliziert gab es schon lange nicht mehr, nicht seit er da war. Bald würde sie ihn wiedersehen. Endlich.

Die erste Vorlesung war interessant, die eineinhalb Stunden vergingen nicht so unglaublich zäh wie sonst. Amina saß zwischen Franzi, die die meiste Zeit auf ihrem Handy herumtippte, und Alex, der sich Notizen machte. Sie saß einfach mit verschränkten Armen da und hörte zu. Sie war sich nicht sicher, ob dies sonderlich effektiv war, eventuell würde sie es im nächsten Semester Alex gleichtun und ebenfalls mitschreiben.

Die darauffolgende Vorlesung war weniger spannend. Amina begann schließlich wieder, über das Flugblatt nachzudenken. Sie würde etwas unternehmen müssen, wenn sie erfahren wollte, was vor sich ging. Dann fiel ihr Stens Bemerkung bei ihrem ersten Treffen ein. Hatte er nicht gesagt, er würde sich mit Freunden in dem kleinen Raum an der Semperoper treffen? Vielleicht trafen sie sich ja am Donnerstag auch dort.

„Hast du Lust, nachher in die Mensa zu gehen?", fragte ihr Handy, beziehungsweise Sten in diesem Moment, als würde er sie von ihren Grübeleien abhalten wollen.

Amina erreichte die Mensa eine dreiviertel Stunde, bevor diese schloss. Die Tische waren um diese Zeit weitestgehend unbesetzt, vereinzelt saßen noch Studenten vor ihren vollen Tellern. Sten stand bereits in der Schlange, Amina stellte sich zu ihm.

„Hey!" Sten drückte sie kurz. Für einen Moment schien ihm die Situation unangenehm zu sein. Aber vielleicht bildete Amina sich das auch nur ein. Sie interpretierte oft viel zu viel in unwichtige Gesten oder Worte hinein.

„Wie war dein Tag?", wollte Sten wissen.

„Ach ja, ganz in Ordnung. Ich hatte ja nur zwei Vorlesungen. Habe davor noch bei dir ausgeschlafen." Amina grinste.

Sten lachte kurz. Er hatte ein schönes Lachen. Er war insgesamt wirklich gutaussehend. Groß, blond, charmant und dann dieser intensive Blick.

Amina bemerkte öfter, wie ihm Frauen verstohlene Blicke zuwarfen. Kein Wunder.

Sie fühlte sich unbehaglich, wenn sie sah, wie Sten auf andere wirkte. Sie konnte nicht anders, als sich zu fragen, was er ausgerechnet von ihr wollte. Er könnte mit Leichtigkeit jedes Mädchen haben, da war sie sich ziemlich sicher. Vielleicht tat er das auch? Könnte ja sein, dass er sich deshalb so lange nicht gemeldet hatte. Vielleicht hatte er sogar eine Freundin. Amina dachte unverzüglich an Nicolai. Naja, sie und Sten waren nicht zusammen. Sie konnte ihn schlecht fragen, ob er noch jemand anderen traf. Er würde sie gleich für besitzergreifend und eifersüchtig halten und Abstand nehmen.

„Amina?"

Amina hatte nicht bemerkt, dass sie an der Essensausgabe mittlerweile an der Reihe war. Sten sah sie fragend an und nickte zu der Frau hinter dem Tresen, die grimmig ihr Gesicht verzog.

„Ich hätte gerne die Nudeln", sagte Amina spontan. Sie hatte sich noch gar nicht richtig angeschaut, was angeboten wurde. Zu spät.

Schnell schaufelte die Mensa-Mitarbeiterin einen Haufen Nudeln mit Tomatensoße auf einen Teller und knallte ihn vor Amina auf die Ablage.

„Hast du gerade taggeträumt?", neckte Sten sie, als sie sich an einen Tisch setzten. Worüber sie eben nachgedacht hatte, würde sie ihm lieber nicht sagen.

Sten erzählte von einem nervigen Professor, den er in Wirtschaftsrecht hatte, aber Amina schaffte es kaum, aufmerksam zuzuhören. Sollte sie ihn doch auf das Flugblatt ansprechen?

„Hast du Lust, am Mittwoch ins Kino zu gehen?", fragte Sten auf einmal. Irgendwie war er vom Professor nun aufs Kino zusprechen gekommen. Das war ihre Chance.

„Mittwoch ist bei mir nicht so gut, wie wär's mit Donnerstagabend?", fragte Amina betont beiläufig und beobachtete Sten dabei aufmerksam.

Sten überlegte kurz und schüttelte dann den Kopf.

„Da treffe ich schon ein paar Freunde, das geht leider nicht. Vielleicht dann am Wochenende? Können wir ja nochmal später diese Woche besprechen."

Er war also verplant am Donnerstag, es könnte durchaus sein, dass das auf dem Flugblatt angekündigte Treffen in dieser Woche stattfand. Wenn sie nur noch herausfinden könnte, wo sie sich trafen. Sie würde wohl einfach davon ausgehen müssen, dass der Treffpunkt die Oper war.

Nach dem Essen standen sie kurz draußen in der Sonne, die schüchtern hinter ein paar Wolken hervorschaute.

„Ich fand es echt schön gestern", sagte Sten.

Sie hatte auf einmal ein schlechtes Gewissen, kam sich lächerlich vor mit ihren Detektivspielchen und heimlichen Plänen. Vielleicht bildete sie sich das Ganze nur ein und es steckte überhaupt nichts Besonderes hinter diesen Flugblättern. Vielleicht verhielt sich Sten auch gar nicht seltsam, sondern sie selbst war einfach zu skeptisch und misstrauisch.

Doch sie konnte dieses ungute Gefühl in der Magengegend einfach nicht übergehen. Es sagte ihr etwas, warnte sie. Sie musste herausfinden, was dieses Etwas war.

Donnerstagabend. Amina war nervös. Sie saß in der Straßenbahn und sah sich immer wieder um, wenn die Türen aufgingen und ein Strom an Menschen hineindrang. Sie hoffte, sie würde Sten nicht begegnen. Natürlich konnte sie sich einfach irgendeine Ausrede einfallen lassen, schließlich war es nicht ungewöhnlich, in der Linie 9 umherzufahren, aber ihr Vorhaben würde sie dann nicht mehr umsetzen können.

Es war 18:15 Uhr, als sie schließlich am Theaterplatz ausstieg, mit ihr eine Traube schick gekleideter Männer und Frauen, deren Ziel ganz offensichtlich die Semperoper war. Sie ließ sie vorbeiziehen und ging hinter ihnen her, bis sie dann die kleine Abzweigung zu Semper 2 ansteuerte.

Ihr Herz schlug vorwurfsvoll hart in ihrer Brust. Was, wenn sie jemand sah? Was, wenn sie gar nicht ins Gebäude gelassen wurde? Sten hatte den Mann am Einlass, der die letzten beiden Male, als sie hier gewesen waren, dort gesessen hatte, gekannt. Kurz war sie gewillt, einfach kehrtzumachen und wieder nach Hause zu fahren. Was wollte sie überhaupt mit ihrer Spionage-Aktion erreichen?

„Reiß dich zusammen, Amina, jetzt bist du schon hier", sagte sie sich.

Sie setzte eine geschäftige Miene auf und öffnete die schwere Tür des kastenförmigen Gebäudes. Dieses Mal war es eine Frau, die in einer Zeitschrift blätterte. Sie sah nur kurz auf, nickte Amina zu und öffnete die Tür per Knopfdruck. Das war einfacher gewesen als gedacht. Amina huschte schnell hinein und ging die Treppen hinauf. Es war totenstill im Treppenhaus. Dann Schritte auf der ersten Etage. Amina erschrak. Weibliche Stimmen, die aufgekratzt lachten und tuschelten. Zwei Mädchen, etwa in ihrem Alter, betraten das Treppenhaus. Sie trugen dunkle Röcke und Blazer und dazu weiße Blusen. Wahrscheinlich arbeiteten sie an der Garderobe oder als Kartenabreißerinnen. Sie lächelten Amina flüchtig zu und passierten sie.

Amina atmete einmal tief durch und stieg die verbliebenen Stufen zum zweiten Stockwerk hinauf. Auch hier war es erstmal recht ruhig. Irgendwo wurde eine Klospülung betätigt, sie hörte entfernt, wie auf einer Geige die immer gleiche Tonabfolge geprobt wurde. Schnell schritt sie den langen Gang entlang und machte kurz vor dem Raum, in dem sie mit Sten gesessen hatte, halt, um zu lauschen. Sie war sich nicht sicher, aber sie glaubte, nichts zu hören. Also war sie doch auf der falschen Fährte.

Sie wollte sich gerade über sich selbst ärgern, als sie hinter sich Schritte von mehreren Personen hörte. Ohne zu überlegen sprang sie um die Ecke und in die Herrentoilette hinein, die sich dort zufällig befand. Gott sei Dank war diese gerade unbesucht. Sie ließ die Tür einen Spalt weit offen und horchte.

Die Schritte kamen immer näher. Es waren definitiv männliche Stimmen, eine Unterhaltung. Als sie gegenüber von der Herrentoilette stehenblieben, wagte sie es, durch den offenen Türspalt hinauszuspähen. Sofort erkannte sie den Dicken von der Party, auf der sie Sten kennengelernt hatte. Eine Welle Adrenalin packte ihren Körper. War Sten auch dabei? Sie konnte nur einen weiteren, etwas größeren, dunkelhaarigen Typen entdecken, war sich aber sicher, dass sie mindestens vier verschiedene Personen hörte.

Die Tür gegenüber fiel zu. Amina wartete einen Moment und schlich sich dann heran. Wenn jetzt jemand herauskäme, würde sie auffliegen. Aber von ihrer Position aus konnte sie nichts hören, also stellte sie sich dicht an die Tür und lauschte. Tatsächlich konnte sie so das Gespräch im Inneren des Raumes gut wahrnehmen.

„Ach, nicht viel, ich habe gerade echt viel zu tun in der Uni ... Ja, die erste Klausur lief ganz gut. Naja, mal sehen, Mathe wird echt hart ...“

Belanglosigkeiten wurden ausgetauscht. Amina hoffte, sie würden sich überhaupt über irgendetwas für sie Aufschlussreiches unterhalten.

Dann setzte eine zaghafte Stimme an: „Leute, können wir das mit dem Flugblatt endlich aus der Welt schaffen?“ Das war Sten! Oder? Sie konnte die Stimme nicht eindeutig zuordnen. Vor allem, weil sie Sten noch nie in einem solchen Ton hatte reden hören. Er klang regelrecht eingeschüchtert.

„Aus der Welt schaffen? Wir müssen aktiv werden! Nächste Woche sind die Flugblätter an der Reihe. Mensch, wir waren uns doch einig, wir wollen was machen, was bewegen. Wofür treffen wir uns sonst ständig, diskutieren und entwickeln Ideen?“

Die Aussage erhielt Zustimmung.

„Ihr wollt das echt durchziehen?“

„Ja, wollen wir! Wir alle zusammen, du gehörst genauso dazu, vergiss das nicht! Wir sollten die

Aufgaben aufteilen und jeder macht seinen Teil bis nächste Woche. Also ..."

In diesem Moment begann das Orchester in der Semperoper zu spielen und Amina konnte das Gespräch nicht mehr verfolgen. Aber was sie gehört hatte, reichte ihr vorerst. Langsam bewegte sie sich von der Tür weg, ging dann zügig den Gang und die Treppen hinunter und verließ das Gebäude.

Wie es aussah, hatte Sten also tatsächlich etwas mit dem Flugblatt zu tun. Sie war sich mittlerweile ziemlich sicher, dass sie seine Stimme gehört hatte. Die Gruppe plante irgendetwas, wollte etwas „bewegen". Amina hatte zu wenig gehört, als dass das alles einen Sinn ergab. Sie wollte im Moment gar nicht, dass es einen Sinn ergab. Sie wusste nun jedenfalls, dass das Flugblatt eine Bedeutung hatte und dass Sten in irgendetwas verwickelt war. Als sie zu Hause ankam, beschloss sie, die ganze Sache für die nächsten Tage auszublenden. Es gab Wichtigeres. Je näher der Besuch ihrer Mutter rückte, desto mehr wurde ihr wieder bewusst, dass all das, was hier in ihrem kleinen, neuen Leben in Dresden vor sich ging, gar nicht wirklich wichtig war. Dass sie die Zeit eigentlich nur schnellstmöglich hinter sich bringen sollte.

Keine Uni am nächsten Tag, sie würde genug Zeit haben, alles für ihre Besucher vorzubereiten.

Am Freitagmorgen war sie bereits früh wach. Schon bevor sie aus dem Bett gekrochen war, war sie nervös und hibbelig und schaute immer wieder auf ihr Handy, um zu sehen, ob ihre Mutter sich gemeldet hatte. Hoffentlich ging alles glatt und sie würden nicht im Stau stehen. Hoffentlich überstand er die lange Fahrt gut, er war es schließlich nicht gewohnt, stundenlang im Auto zu sitzen.

Sie brachte den Vormittag damit zu, Wäsche im Studentenwohnheim gegenüber zu waschen, aufzuräumen und einkaufen zu gehen. Sie stellte ihr kleines Zimmer auf den Kopf, um die dunklen Haare, die überall auf dem Boden verteilt waren, aufzukehren und dem Staub, der sich in den Ecken sammelte, Herr zu werden. Alles sollte ordentlich und sauber sein, wenn sie ankamen, sie sollten sich wohl fühlen.

Sie aß gerade ein Sandwich, als ihr Handy piepte. Sie fuhr zusammen und griff sofort danach.

„Hey, wie sieht's aus mit Kino heute?"

Sten. Sie hatte völlig vergessen, dass er vorgehabt hatte, am Wochenende mit ihr ins Kino zu gehen. Und sie hatte erst recht vergessen, ihm eine plausible Ausrede aufzutischen, warum sie das ganze Wochenende keine Zeit hatte.

Sie überlegte fieberhaft, was sie schreiben könnte. Was, wenn sie ihm die nächsten Tage über den Weg lief? Was wenn sie alle zusammen ihm über den Weg liefen? Bei dem Gedanken wurde ihr schlecht. Sie wollte ihm nichts davon erzählen, noch nicht. Nicht so lange er offensichtlich genauso heikle Geheimnisse vor ihr hatte.

Während sie mit dem Handy in der Hand nachdachte, kam eine weitere Nachricht an. Auch Franzi wollte sie heute treffen. Auch ihr hatte sie nichts von ihrer Wochenendplanung erzählt.

Sie seufzte. Sie log nicht gerne, wirklich nicht. Sie log auch nicht gut, man sah es ihr sofort an, wenn sie Unwahrheiten erzählte. Aber beide konnten sie gerade nicht sehen, also schrieb sie, sie fühle sich nicht wohl und würde den Tag im Bett verbringen.

Bis 16 Uhr brachte sie die Zeit damit herum, ihre Uni-Unterlagen durchzugehen, ein paar Folgen einer Serie zu schauen und viel zu oft nach der Uhrzeit auf ihrem Handy zu sehen. Sie war wirklich nervös. Eigentlich völlig übertrieben. Aber sie waren nun schon zwei Monate getrennt gewesen. Eine lange Zeit für sie. Sie wollte ihm auf keinen Fall fremd werden, aber sie konnte auch nicht jeden Monat nach Hause fahren oder erwarten, dass ihre Mutter so häufig zu ihr nach Dresden kam.

Ihr Wohnheim lag am Ende einer kleinen Straße, sie konnte von ihrem Fenster aus die heranfahrenden Autos beobachten.

Ab 16 Uhr stand sie davor und wartete gebannt darauf, dass dieses eine Auto, ein grüner Opel, die Straße entlanggefahren kam.

Schnell zog sie sich Schuhe an, warf sich eine Jacke über und eilte hinunter. Endlich.

Leichtfüßig lief sie zu den Parkplätzen. Ihre Mutter war bereits ausgestiegen, hielt ihn auf dem Arm und ging ihr sichtlich erfreut entgegen.

„Hallo mein Schatz!", rief ihre Mutter.

Amina erreichte sie, umarmte beide, drückte ihrer Mutter einen Kuss auf die Wange und nahm ihn ihr dann ab. Ihren kleinen Jungen.

„Hallo Rian", flüsterte sie ihm zu.

„Hallo Mama", sagte er leise. Sie drückte ihn ganz fest an sich.

5. Kapitel

Das Wochenende verging viel zu schnell. All die schönen, einzigartigen Momente hätte Amina am liebsten gespeichert, um sie immer wieder erleben zu können. Sie fühlte sich echt und lebendig, wenn ihre Familie bei ihr war. Keine Geheimnisse, keine Halbwahrheiten. Sie konnte einfach sein wie sie war, und das war wirklich befreiend.

Als am Sonntagnachmittag das Motorengeräusch des grünen Opels und ihr eifriges Winken das Ende der unbeschwerten drei Tage einläutete, fühlte Amina sich leer und alleine. Wieder einmal quälte sie sich mit der Frage nach dem Sinn dessen, was sie hier in Dresden tat. Dieses Studium, weit weg von Rian und ihrer Mutter. War es wirklich besser so? Verpasste sie nicht eine wichtige Zeit?

Sie hatte keine Lust, sich heute noch bei irgendwem zu melden. Sie würde sich bis morgen krank stellen, dann hatte sie eventuell wieder genug Kraft, eine unbekümmerte Miene aufzusetzen.

Am nächsten Morgen war sie etwas besser gelaunt. Sie hatte vor, sich mit Alex in der Bibliothek zu treffen, um ein gemeinsames Referat zu besprechen.

Es war ein kalter, sonniger Tag. Amina beschloss, zu Fuß zum Campus zu gehen. Sie hatte es nicht weit von ihrem Wohnheim aus. Die Luft roch langsam nach Winter, es würde womöglich bald schon schneien. Während sie den Weg entlang von der Eingangstür in Richtung Kreuzung lief, bemerkte sie, dass sich bei ihr schon ein Gefühl von

Heimat eingestellt hatte. Sie lebte zwar erst einige Wochen in Dresden, aber die Wege, das Straßenbahnnetz, die Gebäude und vieles mehr, das in direkter Umgebung des Wohnheims und der Uni lag, waren ihr schon vertraut. Dresden war keine riesige, anonyme Stadt, man sah überall bekannte Gesichter, Menschen, denen man schon einmal begegnet war. Sie wusste allerdings nicht, ob das gut oder schlecht war.

Als Amina die Bibliothek erreicht hatte, saß Alex bereits konzentriert über ein paar Bücher gebeugt. Sie fragte sich, seit wann er wohl schon hier war. Wahrscheinlich, seitdem die Bibliothek geöffnet hatte.

Gerade als sie auf ihn zuging, hob er den Kopf und winkte ihr freudig zu.

„Hey Mina!", rief er.

Als sie sich zu ihm gesetzt hatte, zeigte er ihr, woran er arbeitete.

„Ich habe schon mal ein bisschen was für unser Referat vorbereitet über das Wochenende. Ich dachte, wenn du krank bist, kannst du ja sowieso nicht viel machen ..."

Amina sah ihn verdutzt an.

„Ich bin eben Franzi begegnet, sie meinte, du seist krank gewesen am Wochenende", schob er nach.

Die Notlüge hatte sich also bereits herumgesprochen.

„Äh, ach so, ja, naja, so schlimm war es nicht ...", druckste Amina herum und versuchte, Alex' Blick auszuweichen.

Sie lenkte die Aufmerksamkeit wieder auf das Referat. Bei genauerem Hinsehen stellte sich heraus, dass Alex im Grunde genommen schon das gesamte Referat fertiggestellt hatte, Amina musste lediglich üben, ihren Part vorzutragen.

„Alex, du kannst doch nicht alles alleine machen! Jetzt fühle ich mich richtig schlecht!", seufzte Amina.

„Quatsch, ich hatte am Wochenende eh nichts anderes vor. Ist schon in Ordnung. Ich dachte, wenn wir heute nicht so lange am Referat sitzen, könnten wir noch in die Stadt gehen, etwas essen?"

Amina hatte mit Alex bisher sehr selten etwas außerhalb des Campus unternommen und wunderte sich ein bisschen über den Vorschlag. Alex war normalerweise ein absoluter Mensa-Fan und aß unter der Woche immer nur dort.

„Ja klar, wieso nicht", erwiderte sie.

Sie gingen das Referat nochmals durch und machten sich dann auf den Weg in die Innenstadt. Sie nahmen den Bus, um zum Hauptbahnhof zu gelangen, und schlenderten von dort aus die Prager Straße entlang, wo sich zahlreiche Geschäfte, Restaurants und Cafés befanden.

Schließlich nahmen sie in einem kleinen, asiatischen Restaurant Platz und bestellten beide ein Reisgericht. Während sie auf ihre Bestellung warteten, fragte Alex irgendwann:

„Was hattest du eigentlich?"

Er sah sie besorgt an. Amina überlegte kurz, war sich dann aber sicher, dass er auf ihre Wochenend-Krankheit hinauswollte. Seinem Blick nach zu urteilen, war ihm tatsächlich noch nicht aufgefallen, dass Amina diesbezüglich gelogen hatte. Alex war einfach zu gutgläubig.

„Ich war nicht krank, ich hatte Besuch! Meine Mutter war da und ...", platzte es aus ihr heraus. Bevor sie mehr sagen konnte, schob sich ein Arm zwischen Alex und sie und servierte ihnen ihre Bestellungen.

Noch währenddessen antwortete Alex: „Ach, Mina, das hättest du doch sagen können! Jeder vermisst mal seine Eltern, auch wenn die manchmal echt nerven können. Ich fahre wahrscheinlich nächstes Wochenende nach Hause, da ist ein Fußballspiel meiner früheren Mannschaft, das wird ..."

Amina hörte auf zuzuhören und versank in Gedanken. Der Moment war vorbei, sie konnte Alex nun nicht mehr erzählen, dass es weniger um ihre Mutter ging, die sie vermisst hatte, als um ihren Sohn.

Während sie aßen, redete Alex die meiste Zeit. In der Uni war er ziemlich still und wenn er etwas erzählte, dann handelte es oft von irgendwelchen Prüfungen.

Amina war froh, dass Alex das Gespräch am Laufen hielt. Sie fühlte sich schlecht, weil sie ihre Geschichte nicht ganz erzählt und somit mehr oder weniger wieder gelogen hatte.

Als Alex auf einmal seine Hand auf ihre legte, schreckte sie zusammen.

„Mina, du wirkst manchmal so zerstreut. Geht es dir nicht gut? Kann ich irgendetwas für dich tun?"

Verwirrt von seiner Berührung, stammelte Amina: „Nein, ähm, alles in Ordnung. Ich bin nur ein wenig müde heute." Alex nickte verständnisvoll. Sie war froh, dass er nicht nachhakte. Sie wollte jetzt nach Hause gehen und alleine sein.

Nachdem Alex bezahlt hatte, verließen sie zusammen das Restaurant.

Amina ging zu Fuß nach Hause. Ein unangenehmes Gefühl begleitete sie. Es war wie ein Hintergrundrauschen, das sie nicht richtig deuten konnte. Irgendetwas bedrückte sie, ohne dass sie es direkt hätte benennen können. So schlimm war es schließlich auch nicht, dass sie nicht von Rian erzählt hatte. Es war ihre Sache, sie war niemandem Rechenschaft schuldig. Irgendetwas anderes war seltsam gewesen. Sie grübelte noch eine Weile auf dem Heimweg herum, vergaß es jedoch, als sie schließlich zu Hause angekommen war.

Am Abend war sie mit Franzi verabredet. Seit diese mit Nicolai zusammen war, sahen sie sich nicht mehr so oft wie zu Beginn des Semesters. Amina schätzte Franzi jedoch nach wie vor. Es tat einfach gut, in ihrer Umgebung zu sein, sie war lebhaft und – wenn sie nicht gerade Ärger mit Nicolai hatte – versprühte positive Energie.

Da sie sich zum Filmegucken in Aminas Apartment verabredet hatten, räumte Amina ein wenig auf, bis Franzi schließlich da war.

Amina sah Franzi sofort an, dass etwas nicht stimmte. Noch bevor sie die Tür hinter ihr geschlossen hatte, brach sie in Tränen aus.

„Was ist passiert?", fragte Amina bestürzt.

„Es ist AUS!", rief Franzi dramatisch und ließ sich daraufhin auf Aminas Bett fallen.

Es ging also um Nicolai.

Franzis blaue Augen waren geschwollen und gerötet. Sie wischte sich die Tränen von der Wange und begann zu erzählen.

„Ich hatte Recht. Nico hat eine andere. Ich habe diese Ungewissheit einfach nicht mehr ausgehalten! Immer wenn ich ihn gefragt habe, hat er versichert, dass alles in Ordnung ist, dass ich mir keine Sorgen zu machen brauche. Aber ich wusste, dass irgendetwas nicht in Ordnung ist, dass er mir etwas verheimlicht.

Also habe ich mir vorhin sein Handy geschnappt und nachgesehen. Mia heißt sie, sie chatten schon seit einer Weile. Er schreibt ihr immer, wie toll er sie findet und dass er mich bald verlassen wird, damit sie zusammen sein können." Ihr kullerten erneut ein paar Tränen übers Gesicht.

Amina versuchte, tröstende Worte zu finden, was ihr nicht sonderlich gut gelang. Was für ein Arschloch. Keine Mia dieser Welt konnte Franzi ersetzen.

„Was hat er denn zu alldem gesagt?", wollte Amina wissen.

„Er meinte, das Ganze war nur ein Spiel, es lief nichts zwischen den beiden und er hatte auch nicht vor, mich zu verlassen. Er weiß nicht, warum er das gemacht hat, bla bla bla. Keine Ahnung, was davon stimmt", erwiderte Franzi.

Nachdem Franzi sich schließlich wieder beruhigt hatte und sie analysiert hatten, warum Männer eigentlich so seltsam waren, fragte Franzi Amina, ob es ihr wieder besser gehe und sie wieder gesund sei.

Da Amina nun emotional ebenfalls aufgewühlt war und nach Franzis offenem Gefühlsausbruch nicht wieder eine fadenscheinige Ausrede auftischen wollte, beschloss sie, dass es jetzt Zeit war, Franzi in alles einzuweihen.

Sie seufzte tief und fing an, über jene Nacht zu sprechen, die alles verändert hatte. Die Party, die Gruppe Jungs, der Filmriss. Dann das Erwachen am nächsten Tag, die Telefongespräche mit ihren Freundinnen, die Gewissheit, dass sie gefügig gemacht worden war, die Scham, das Verdrängen.

Franzi sah Amina mit großen Augen an.

„Bist du denn zur Polizei gegangen danach? Ich meine, das war doch …", stammelte Franzi.

„Es war eine Vergewaltigung, oder etwa nicht?", fiel Amina ihr krächzend ins Wort. Sie hatte es noch nie zuvor ausgesprochen. Es schmerzte zu sehr.

Einen Moment war es still zwischen ihnen, dann setzte Amina wieder an:

„Nein, ich war nicht bei der Polizei. Ich habe mich informiert, überlegt, ob ich Anzeige gegen Unbekannt erstatten soll, aber ich habe mich einfach zu sehr geschämt, ich war so unsicher. Ich wusste zwar einerseits, dass mir etwas angetan wurde, dass ich nichts dafür konnte, aber was, wenn man mir nicht geglaubt hätte? Immerhin war ich auf einer Party gewesen, hatte getrunken. Ich dachte, das würde die ganze Geschichte zu unglaubwürdig erscheinen lassen …"

„Ja, das verstehe ich", entgegnete Franzi.

Wieder eine kurze Stille.

„Das ist noch der harmlose Teil", verkündete Amina dann trocken.

„Bald darauf habe ich gemerkt, dass ich mich unwohl fühle, dass irgendetwas anders ist. Meine Regel blieb aus. Ich war naiv, ich dachte, es sei der Schulstress, ich habe mir keine ernsthaften Gedanken gemacht. Nach dem zweiten Monat konnte ich es nicht mehr ignorieren und habe einen Schwangerschaftstest gemacht. Er war positiv. Ich habe mir eingeredet, dass solche Tests auch mal falsch liegen können, dass es nicht sein kann, dass sich alles wieder normalisieren wird. Das klingt so dumm im Nachhinein, aber ich wollte es einfach nicht wahrhaben. Naja, ein paar Wochen und zwei weitere Tests später ließ ich dann den Gedanken zu, dass ich schwanger war ..." Sie machte eine Pause und atmete tief ein. „Ich bin in dieser einen Nacht tatsächlich von irgendeinem kranken Idioten, der mich abgefüllt, vielleicht sogar betäubt und abgeschleppt hat, schwanger geworden. Zu allem Überfluss stand die Möglichkeit einer Abtreibung nicht mehr im Raum, als ich mir endlich die Realität eingestanden hatte. Ich war schon zu weit. Also musste ich das Baby behalten. Ich habe versucht, die Schwangerschaft, solange es ging zu verheimlichen, aber natürlich hat man es mir irgendwann angesehen. Ich habe den Leuten von meinem angeblichen Freund, den ich im Urlaub kennengelernt habe und der in England studiert, erzählt. Außer meiner Familie kennen nur meine engsten Freunde die Wahrheit.

Die ersten Monate habe ich es gehasst, schwanger zu sein, habe es als Makel empfunden. Als ich dann angefangen habe, Babykleidung zu kaufen, ein Bettchen und all die anderen Dinge, habe ich mich langsam mit dem Gedanken angefreundet, ein Baby zu bekommen. Ich habe mir immer wieder gesagt, dass das Kind nichts für die Art seines Entstehens kann, dass es ab jetzt eben zu mir gehört.

Tja, und nun habe ich einen kleinen Sohn, Rian heißt er. Die erste Zeit war hart, ich war oft überfordert mit allem, aber meine Mutter hat mich, so gut es ging, unterstützt, sie war immer für uns beide da. Auf ihr Drängen hin habe ich mich auch auf einen Studienplatz beworben. Als ich die Zusage in Dresden hatte, hat sie mich ermutigt, den Platz anzunehmen. Sie kümmert sich jetzt um Rian, solange ich weg bin. Sie wollte unbedingt, dass ich ein normales Studentenleben habe, dass ich nochmal einfach jung sein kann. Und ich fand die Idee erst gut, weit weg von zu Hause nochmal neu anzufangen. Aber mittlerweile weiß ich nicht mehr, ob das alles richtig ist ..."

Nun begann Amina zu weinen. Franzi kam sofort zu ihr und nahm sie in den Arm. „Ich sehe ihn so selten, ich habe Angst, dass ich zu viel verpasse, dass er mich irgendwann womöglich nicht mal mehr erkennt ..."

„Ach, Amina, du bist seine Mutter! Selbst wenn er dich mal eine Weile nicht sieht, er wird dich nicht vergessen! In den Semesterferien kannst du fast zwei Monate mit ihm zusammen sein", entgegnete Franzi in sanftem Tonfall.

Franzis Worte waren wohltuend. Amina entspannte sich etwas. Franzi war zwar sichtlich überrascht gewesen von Aminas Geheimnis, aber sie hatte nichts dahingehend gesagt oder ihr gar Vorwürfe gemacht, dass sie nicht schon eher davon erzählt hatte. Wieder einmal musste Amina feststellen, dass sie sich viele Gedanken über die Reaktionen und Urteile anderer Menschen machte. Franzi und Alex hatten beide verständnisvoll reagiert und versucht, sie zu trösten. Sie sollte offener werden, einfach darüber sprechen, was sie auf dem Herzen hatte. Vielleicht würde es ihr gut tun, die Last nicht immer stillschweigend mit sich umherzutragen.

Franzi und Amina kamen nicht mehr dazu, einen Film zu schauen. Amina erzählte mit leuchtenden Augen von Rian und zeigte Franzi das gerahmte Bild von ihm, das sie immer wegpackte, wenn jemand in ihre Wohnung kam.

Die Freundin blieb bis kurz vor Mitternacht. Nachdem sie gegangen war, fühlte sich Amina um einiges besser als zuvor. Sie hatte das erste Mal seit Langem wieder das Gefühl, ihr Schicksal und ihr Wohlbefinden selbst beeinflussen zu können. Seit jener schrecklichen Nacht war sie sich wie eine Marionette in ihrem eigenen Leben vorgekommen. Dinge waren ihr passiert, ohne dass sie gefragt wurde, ob sie wollte oder nicht. Aber das musste nicht so bleiben, sie würde sich nicht mehr von allem runterziehen und negativ beeinflussen lassen. Sie wollte wieder selbst entscheiden.

Sie tippte noch eine kurze Nachricht an Sten und ging dann zu Bett.

Am nächsten Vormittag machte sie sich eilig auf den Weg zur Uni, um es rechtzeitig zur Vorlesung zu schaffen. Am Hörsaalzentrum angekommen traf sie sogleich auf Franzi und sie suchten sich einen Platz in den hinteren Reihen des Hörsaals im obersten Stockwerk.

Bei Franzi und Nicolai war die Stimmung immer noch eisig. Da sie zusammen wohnten, konnten sie sich schlecht aus dem Weg gehen. Doch Franzi ignorierte ihn, wann immer er sie ansprach und verzog keine Miene, egal was er tat.

„Hast du dir überlegt, was du jetzt machen willst? Ziehst du aus der WG aus?", fragte Amina, während sie eine Banane schälte, die sie noch vor Vorlesungsbeginn essen wollte.

„Auf keinen Fall. Soll er doch ausziehen! Mir gefällt die Wohnung und ich habe keine Lust auf einen Umzug", entgegnete Franzi stur. Na, das würde heiter werden.

Der Professor für Methoden der empirischen Sozialforschung kam ganze 20 Minuten zu spät. Amina und Franzi hatten schon überlegt, wieder nach Hause zu gehen, als er schließlich in den Saal eilte und seine Verspätung mit einem Rohrbruch in seinem Haus entschuldigte.

Methoden der empirischen Sozialforschung war wie Statistik eines der meistgehassten Fächer aller Studenten, die einen sozialwissenschaftlichen Studiengang belegten. Amina hatte wieder einmal Mühe, den Ausführungen des Professors aufmerksam zu folgen. Es war einfach langweilig.

Nach der Vorlesung verließen Amina und Franzi das Hörsaalzentrum, um sich in der Cafeteria gegenüber einen kleinen Snack zu besorgen.

Auf dem Weg dorthin registrierte Amina, dass Papier auf dem Boden herumlag und einige Leute sich bückten, um es aufzuheben und anzusehen. Als sie die Brücke überquert hatten, leuchtete auch vor der Cafeteria überall Papier. Amina ging davon aus, dass es sich um Werbung handelte. An der Uni wurden oft Flyer verteilt, die dafür warben, eine Fitnessstudio-Mitgliedschaft oder ein Probeabo irgendeiner Zeitung abzuschließen.

Während Amina in der Schlange vor der Cafeteria stand und überlegte, ob sie sich einen Donut oder ein Croissant kaufen sollte, kam Franzi von hinten an sie herangetreten und sagte:

„Hey, guck mal. Das liegt hier überall herum. Völlig irre, oder?"

Amina drehte sich um und sah, was Franzi ihr entgegenhielt. Kein Ton kam aus ihrer Kehle, sie war urplötzlich staubtrocken und kratzig. Ihr wurde heiß, sie fühlte sich, als würde ihr Gesicht glühen. Ihr Herz begann laut zu klopfen.

Das Flugblatt. Das Flugblatt von der Party, das Flugblatt aus Stens Zimmer.

Das Flugblatt, das drohte, das hetzte, das aus dem netten Sten den undurchsichtigen, unehrlichen Sten machte.

Es lag überall auf dem Campus verteilt herum.

6. Kapitel

Amina saß auf ihrem Bett und schaute aus dem großen Fenster gegenüber. Eins war sicher, sie konnte die ganze Sache nicht länger ignorieren. Ante Noctem, was auch immer das genau sein sollte, hatte tatsächlich dieses Flugblatt an der Uni verteilt. Sie hatte eins mitgenommen. Immer wieder las sie, was darauf geschrieben stand, und dachte nach, was es zu bedeuten hatte. Offensichtlich witterten die Jungs die Weltverschwörung oder Ähnliches, aber was sollte dieses Blatt bezwecken? War es eine Ankündigung, würden sie weitere Aktionen planen?

Sie brauchte endlich Antworten. Sie wusste ganz genau, was sie eigentlich tun sollte: Das Flugblatt Sten zeigen, erzählen, was sie bisher mitbekommen hatte und ihn endlich zur Rede stellen.

Allein bei der Vorstellung bekam sie Bauchschmerzen.

Nicht nur, weil sie nicht gerne zugeben würde, dass sie schon länger rauszufinden versuchte, was er und seine Freunde planten, oder weil es ihr unangenehm war, ihn direkt darauf anzusprechen. Sondern auch, weil sie ihn mittlerweile so sehr mochte, dass sie einfach nicht wahrhaben wollte, dass etwas ganz und gar nicht mit ihm zu stimmen schien. Sie wollte es einmal einfach unkompliziert haben. Aber was sie wollte, war egal. Sie musste endlich wissen, was gespielt wurde.

Donnerstagabend. Amina hätte sich am liebsten selbst geohrfeigt. Sie hatte gestern Sten getroffen, sie waren nun endlich doch im Kino gewesen.

Dreieinhalb Stunden hatte sie Zeit gehabt, um ihn zu fragen.

Und was hatte sie getan? Nichts. Gar nichts.

Mehrmals war es ihr auf der Zunge gelegen, hatte ihr Gehirn die Worte herausgeschrien, aber sie hatte nichts sagen können. Sie hatte es einfach nicht geschafft.

Deshalb hatte sie sich entschieden, wieder zur Oper zu fahren und zu lauschen. Ihre innere Stimme sagte ihr, wie dumm das ständige Spitzeln war, aber es kam ihr immer noch besser vor als gar nichts zu tun.

In der Hoffnung, dass die Jungs sich wieder um 18 Uhr dort treffen würden, machte sie sich auf den Weg.

Wieder kam sie ohne Probleme ins Gebäude, ging die zwei Stockwerke nach oben und den Gang entlang. Sekunden, bevor jemand hinter der Ecke hervortrat, spürte sie schon, dass gleich etwas gewaltig schiefgehen würde.

Wie vom Blitz getroffen blieb Amina stehen und starrte ihr Gegenüber an. Sie hatte das Gefühl, dieser wusste ganz genau, wer sie war.

„Kann ich behilflich sein, suchst du hier etwas?", sagte der schlaksige Typ mit fester Stimme. Noch bevor Amina antworten konnte, kamen zwei weitere Typen um die Ecke, einer davon war der Dicke von der Party. „Ihre Burka vielleicht", raunte der dritte dem Dicken zu, der vergnügt grinste. Hatte sie das eben richtig verstanden, hatte er das tatsächlich gesagt?

Amina wurde heiß und kalt. Ihr hatte es einfach die Sprache verschlagen, sie fühlte sich in die Enge getrieben. Nun kam auch Sten. Er sah sie erschrocken an, fing sich aber sogleich wieder und reihte sich bei seinen Freunden ein. „Was soll das Sten, was ist das hier?", brachte Amina nun leise hervor.

Doch Sten machte keinerlei Anstalten zu antworten. Er stand einfach nur da und schien durch sie hindurchzusehen, sein Blick war leer und ausdruckslos. „Nichts ist das hier, Kleine." Der Schlaksige ergriff das Wort. „Wenn du nicht in der Oper arbeitest und sonst auch keinen Grund hast, dich hier aufzuhalten, gehst du besser, bevor ich die Security hole."

Abrupt löste sich Amina aus ihrer Starre, drehte sich um und ging schnellen Schrittes den Gang zurück. Sie kam sich vor, als hätte sie eben erst das Laufen gelernt, ihre Beine bewegten sich unkontrolliert und seltsam. Bis sie aus dem Gebäude heraus trat, blickte sie sich kein einziges Mal um. Draußen lehnte sie sich an einen Baum in der kleinen Parkanlage hinter Semper 2 und atmete tief durch.

Sie war selbst schuld, dass sie an ihrem geheimen Treffpunkt erwischt worden war, das war ihr klar. Stens Freunde konnten ja nicht wissen, dass sie schon zuvor eines ihrer Treffen belauscht hatte. Und dass Sten sie zweimal dorthin mitgenommen hatte, würden sie ihr ja wohl auch nicht ankreiden. Aber über die offene Feindseligkeit von Stens Freunden und über die abschätzige rassistische Bemerkung ärgerte sie sich sehr. Was um alles in der Welt hatte sie ihnen denn getan? Sie kannten sie doch überhaupt nicht.

Was ihr aber die Tränen in die Augen trieb, war, dass Sten sich nicht auf ihre Seite geschlagen hatte. Er hätte sagen können, sie seien noch verabredet. Er hätte einfach nett sein können, er hätte irgendetwas tun können, anstatt sie einfach nur wie einen Eindringling anzustarren.

Was sollte das alles? Sie verstand es einfach nicht.

Kaum war sie in die Bahn nach Hause eingestiegen, begann ihr Handy zu vibrieren. Sten rief an. Amina schüttelte den Kopf. Er glaubte doch nicht wirklich, dass sie jetzt mit ihm reden wollen würde, nachdem er sie vor seinen Freunden hatte hängen lassen.

Er versuchte es noch zwei weitere Male, sie zu erreichen. Schließlich schrieb er ihr eine Nachricht: „Amina, lass mich bitte alles erklären."

Sie dachte gar nicht daran. Die Situation eben war genug Demütigung für heute gewesen, sie hatte keine Lust, seine Stimme zu hören, sie hatte keine Lust auf unsinnige Ausreden und Lügen.

Sie reagierte nicht auf ihn und stellte ihr Handy stumm. Sollte er doch noch hundertmal anrufen, geschah ihm gerade recht, dass sie ihn jetzt auflaufen ließ.

Zu Hause versuchte sie, sich zu beruhigen und abzulenken. Sie kochte sich einen Tee, schnappte sich ihren Laptop und begann, eine neue Folge ihrer Lieblingsserie zu schauen.

Ganze 15 Minuten hatte sie geschafft, als es auf einmal an der Tür läutete. Sie ging grundsätzlich nicht an die Sprechanlage, wenn irgendwer unangemeldet klingelte. Meistens hatte einfach jemand auf die falsche Klingel gedrückt oder zwei Frauen mit langen Röcken wollten sie zu dieser oder jener Religion bekehren.

Da jedoch penetrant weitergeklingelt wurde, schob sich Amina schließlich aus dem Bett und ging zur Sprechanlage.

„Ja?"

„Ich bin's. Sten."

Sie war für einige Sekunden völlig perplex, drückte dann jedoch den Türöffner.

Sten wusste zwar, wo sie wohnte, darüber hatte sie mit ihm gesprochen. Jedoch war sie sich sicher, nie ihren Nachnamen erwähnt zu haben. Auf ihrem Klingelschild stand „A. Salem".

Wäre es ein Haus mit sechs Bewohnern, würde es sie nicht wundern, dass er darauf schließen konnte, wer davon sie war. Jedoch wohnten in ihrem Wohnheim mehr als 200 Studenten, mit den verschiedensten seltenen Nachnamen.

Als der Aufzug mit Sten in ihrem Stockwerk ankam, stand sie bereits an der halboffenen Tür und wartete auf ihn. Ihr war unbehaglich zumute. Sie wollte ihn gerade wirklich nicht sehen und nun war er einfach bei ihr zu Hause aufgetaucht.

Er kam mit großen Schritten auf sie zu, blieb vor ihr stehen und sah sie an. Seine Augen versuchten, in ihren zu lesen, was in ihr vorging.

„Hey", sagte er dann sanft.

„Hey, komm rein", erwiderte Amina kühl und ging voraus in ihre kleine Wohnung. Sten folgte ihr.

„Woher wusstest du, wo du klingeln musst?", wollte Amina wissen.

Sten sah sie immer noch eindringlich an.

Nach einigen Sekunden Stille sagte er dann:

„Das eben tut mir leid, Amina. Ich wusste nicht, wie ich reagieren sollte, ich war überrascht, dich in der Oper zu sehen. Warum warst du dort?"

In Amina stieg wieder das Gefühl von Wut auf. Wenn er ihre Fragen ignorierte, konnte sie das auch.

„Du hast mich voll auflaufen lassen vor deinen Freunden! Wieso waren die so seltsam zu mir? Was ist dieses Ante Noctem? Was macht ihr da, was soll dieses Flugblatt?"

All die Fragen, die sich so lange in ihrem Kopf angesammelt hatten, hingen nun endlich ausgesprochen und bedrohlich im Raum. Sten schien von ihnen erdrückt zu werden, er sackte in sich zusammen und blickte zu Boden.

„Woher weißt du das alles?"

„Sten, ich bin nicht dumm!"

„Das weiß ich", erwiderte er. „Ich will es dir ja erklären, aber es ist kompliziert. Die Jungs sind meine besten Freunde. Mir gefällt auch nicht alles, was sie … was wir machen, aber ich kann mich nicht gegen die Gruppe stellen, nur weil mir mal etwas nicht passt." Sten wirkte auf einmal wie ein kleiner Junge, der von seinen Eltern gescholten worden war.

„Wir kennen uns schon echt lange. Eigentlich treffen wir uns in der Oper, um Bier zu trinken und zu diskutieren. Auch über Politisches, in der letzten Zeit immer mehr. Vor allem Samuel hat manchmal speziellere Ansichten und will unbedingt etwas gegen verschiedene Dinge unternehmen. Er hat schon auch teilweise Recht mit dem, was er sagt, aber …"

Sten stockte. Amina erkannte ihn gerade kaum wieder. Wieso um alles in der Welt, versuchte er krampfhaft etwas zu verteidigen, hinter dem er offensichtlich nicht wirklich stand? Wieso ließ er sich so beeinflussen?

Sten setzte erneut an:

„Wir haben uns eben diesen Namen, Ante Noctem, gegeben und wollen mit Flugblättern und ein paar Aktionen etwas bewegen, ein bisschen Aufmerksamkeit erregen, Leute für Missstände sensibilisieren. Wir haben auch ein paar Kontakte, die uns unterstützen, manchmal treffen wir uns auch in einer größeren Runde."

Amina wusste nicht, was sie darauf sagen sollte. Sie hatte das Gefühl, sie durfte ihn jetzt nicht kritisieren, sonst würde er wieder dicht machen. Sie wollte lieber seine Offenheit ausnutzen.

„Und dein Tattoo hat auch damit zu tun?"

„Ach, ja, haben wir fünf uns alle gemeinsam stechen lassen", antwortete Sten.

Amina nickte und seufzte.

Sten setzte sich neben sie auf ihr Bett, umarmte sie und vergrub sein Gesicht in ihren Haaren. Er wirkte in diesem Moment so zerbrechlich und verloren, sie wusste nicht, wie sie mit der Situation umgehen sollte. Sie saß einfach da und bewegte sich nicht.

„Bist du noch sauer?", murmelte Sten in ihre Haare.

Amina musste kurz lachen.

„Nein, schon ok." Ihre Wut war verpufft. Auf den verletzlichen Sten konnte sie einfach nicht sauer sein. Dennoch wollte sie das Ganze nicht einfach so stehen lassen. Sie stand auf, kramte das Flugblatt, das auf ihrem Schreibtisch lag, hervor und hielt es Sten vor die Nase:

„Sten, du kannst doch nicht wirklich glauben, was da steht ... oder? Und diese Bemerkung von deinen Freunden vorhin mir gegenüber. Haben deine Freunde was gegen mich? Hast du was gegen Ausländer?", fragte Amina und klang dabei etwas verzweifelt. Sie wusste nicht, wo ihr der Kopf stand, das war alles so furchtbar verwirrend. Egal, was sie sagte oder fragte, sie hatte das Gefühl immer nur die Spitze des Eisbergs zu erkennen, der Rest, die ganze Wahrheit, die Zusammenhänge und Ursachen, schienen im Verborgenen zu bleiben.

Sten stand nun ebenfalls auf, trat vor sie, nahm ihr Gesicht in seine Hände und sagte bestimmt:

„Nein, habe ich nicht!"

Dann küsste er sie.

Sten blieb die Nacht über bei Amina. Irgendwann redeten sie wieder über dies und das, lachten und diskutierten über Uni-Angelegenheiten. Amina fuhr zwar jedes Mal ein unangenehmes Gefühl in die Magengegend, wenn sie wieder an das Anfangsgespräch dachte, jedoch wollte sie das Thema für heute ruhen lassen. Es hatte auch keinen Sinn, Sten zum Reden zwingen zu wollen. Wenn er nicht mehr über ein Thema sprechen wollte, dann sagte er auch nichts mehr dazu. Da konnte sie machen, was sie wollte.

Am nächsten Tag ließen sie die Uni ausfallen und schliefen aus. Amina wachte mit dem Kopf auf Stens Brust auf und fühlte sich in diesem Moment richtig wohl. So sollte es immer sein, sie beide zusammen, ohne Streit, ohne Komplikationen.

Langsam schob sie sich aus seiner Umarmung, doch er wachte sofort auf und zog sie wieder an sich.

„Hey, bleib da!" murmelte er verschlafen. Amina lachte.

Sten und sie standen schließlich auf und gingen in die Neustadt, um zu frühstücken. Hand in Hand gingen sie zur Straßenbahnhaltestelle, fuhren in die Neustadt und suchten ein modernes Café in der Louisenstraße auf, das bis zum späten Nachmittag Frühstück anbot.

Vor der Tür wurde Amina von hinten angetippt und drehte sich um. Es war Alex. Er begrüßte sie strahlend und wollte sie gerade umarmen, als er Sten sah und realisierte, dass sie zusammen unterwegs waren. Er hielt mitten in der Bewegung inne und starrte Sten forschend an. Dieser starrte ebenso unverhohlen zurück. Die beiden nickten sich daraufhin kurz zu, dann verabschiedete Alex sich auch schon wieder. Er konnte manchmal wirklich seltsam sein.

Amina und Sten verbrachten einen unbeschwerten Tag miteinander. Sten brachte Amina häufig zum Lachen und zeigte sich von seiner besten Seite.

Am Abend war Amina wieder alleine zu Hause. Sie hatte wirklich gute Laune und wollte einige Dinge erledigen, vor denen sie sich sonst immer drückte. Irgendwann fiel ihr auf, dass sie einen verpassten Anruf von Alex auf dem Handy hatte. Vielleicht ging es um ihr gemeinsames Referat.

Es klingelte einige Sekunden, dann nahm Alex ab.

„Hey Alex, hast du angerufen? Um was geht es?", fragte Amina.

„Ja, ich wollte mit dir reden", erwiderte Alex ernst.

„Dieser Typ, mit dem du da unterwegs warst. Naja, kennst du den gut?"

Was sollte das denn werden?

„Ähm, ja, also naja, geht so, wieso?", antwortete Amina irritiert.

„Ich habe den letztens am Campus herumschleichen sehen. Sehr seltsam, hat dort versucht, unauffällig diese Flugblätter zu verteilen, die dort herumlagen. Hast du die mal gesehen? Klingt wirklich suspekt, was die da schreiben, also, ich weiß ja nicht, aber ..."

Amina fiel Alex ins Wort:

„Schon gut, Alex. Ich weiß davon. Es ist nicht so, wie es wirkt ..."

Was für ein alberner Satz. Es war im Grunde genommen genauso, wie es wirkte.

„Ich kenne Sten jetzt schon eine Weile. Er ist wirklich in Ordnung. Klar, das wirkt vielleicht ein bisschen seltsam mit den Flugblättern, das ist alles ein bisschen kompliziert ... aber ich mag ihn."

Schweigen. Alex sagte kein Wort mehr.

„Alex?"

Alex räusperte sich.

„Ja, wenn du meinst. Ich wollte dich nur warnen. Wir sehen uns."

Noch bevor Amina etwas erwidern konnte, hatte Alex aufgelegt.

Verdutzt sah Amina auf ihr Handy. Sie verstand, dass er sich Sorgen um sie machte, aber er musste es auch nicht übertreiben. Er wusste nichts über Sten oder seine Verbindung zu ihr. Er sollte sich nicht zu sehr in ihre Angelegenheiten einmischen, darauf reagierte sie allergisch.

In der nächsten Woche verhielt sich Alex in der Uni wieder weitestgehend normal und sprach auch das Thema „Sten" nicht mehr an. Amina und er brachten ihr gemeinsames Referat hinter sich, das ziemlich gut lief, und aßen dann in der Mensa zu Mittag. Wie sonst auch versuchte Alex, Amina zu überreden, ihn doch noch in die Statistikvorlesung zu begleiten, und wie fast immer ließ Amina sich überzeugen und kam mit, nur um während der Vorlesung dann doch nicht aufzupassen. Sie hatte keine Ahnung, wie sie die Statistikklausur bestehen sollte. Zum Glück waren es noch einige Wochen bis dahin. Amina hoffte, Alex würde ihr kurz davor Nachhilfe geben, damit sie die Klausur nicht würde wiederholen müssen.

Auch mit Sten lief es seit ihrer Aussprache wirklich gut. Sie trafen sich im Moment relativ häufig und hatten immer eine schöne Zeit zusammen. Natürlich ahnte Amina, dass es scheinheilig war, dass sie die Probleme einfach ausblendete und hoffte, sie würden verschwinden, und dass dies wahrscheinlich nicht passieren würde. Aber im Moment wollte sie die Zeit mit Sten einfach genießen. Sie hatte bisher keine neuen Ungereimtheiten und merkwürdigen Situationen mit ihm erlebt, also würde sie ihn erstmal mit Ante Noctem in Ruhe lassen.

Außerdem vertraute sie ihm langsam immer mehr. Wenn er sagte, dass das Ganze nicht ausarten würde und sie sich keine Gedanken zu machen brauchte, dann glaubte sie ihm. Sten schien vernünftig zu sein. Er hatte zwar scheinbar eine ganz andere, emotionalere Seite, wenn es um seine Freunde ging, doch Amina glaubte nicht, dass er sich völlig davon leiten lassen würde, wenn es darauf ankam. Sie hoffte es zumindest.

An einem bitterkalten Abend trafen sie sich bei Sten, um zu kochen. Amina hatte mittlerweile ihre dicksten Pullis aus ihrem Kleiderschrank hervorgekramt und trug mehrere Schichten übereinander. Es schneite nicht, aber die Temperatur war die letzten Tage erbarmungslos oft im zweistelligen Minusbereich gewesen. Amina versuchte, so gut wie möglich zu vermeiden, überhaupt ihre Wohnung zu verlassen. Sie fuhr in die Uni, zu Sten, manchmal zu Franzi oder lud die beiden zu sich ein. Abends auszugehen war bei diesem Wetter gestrichen. Sogar Franzi, die für ihr Leben gern durch die Nacht tanzte, war es im Moment lieber, zu Hause zu bleiben. Nicolai und sie redeten wieder miteinander, wenn auch nur das Nötigste.

Amina bewunderte Franzi für ihre Standhaftigkeit. Sie wusste genau, würde sie Sten täglich begegnen und würde er versuchen, einen Fehler wieder gut zu machen, sie könnte ihn nicht knallhart abweisen, wie es Franzi bei Nicolai tat.

Sten und Amina machten eine Lasagne, die nicht allzu raffiniert aussah, aber dennoch sehr gut schmeckte. Amina hatte mittlerweile auch Stens Mitbewohner kennengelernt, sie grüßten immer freundlich, wenn sie Amina begegneten.

Sie kam nicht umhin, sich ab und an zu fragen, ob Sten und sie jetzt zusammen waren, so richtig, offiziell als Paar. Solange keiner von ihnen etwas in der Richtung sagte, wahrscheinlich nicht. Amina traute sich nicht, Sten darauf anzusprechen. Sie vertraute darauf, dass er dies zu gegebener Zeit machen würde.

Amina hatte sich vorgenommen, Sten heute von Rian zu erzählen. Nachdem Franzi davon wusste, wollte sie, dass Sten die Geschichte auch kannte. Sie sahen sich so häufig, dass sie keine Lust mehr hatte, ständig um bestimmte Ereignisse herumzuerzählen oder Details zu ändern oder wegzulassen.

Er hatte sich ihr ein Stück weit anvertraut, also wollte sie das jetzt ebenso tun.

Nach dem Essen saßen sie noch eine Weile am Küchentisch vor den Resten der Lasagne und unterhielten sich. Amina nahm ihren ganzen Mut zusammen und setzte an:

„Du, ich wollte dir noch etwas erzählen. Von mir. Ich weiß, dass das sehr überraschend kommt und dass ich vielleicht schon früher hätte davon erzählen sollen, aber das ist eben auch nicht so einfach für mich."

Sten setzte sofort eine ernste Miene auf und hörte ihr aufmerksam zu.

„Ich … ich habe einen Sohn. Er heißt Rian und wird bald drei Jahre alt. Ich weiß nicht, wer der Vater ist." Amina blickte zu Boden.

„Die ganze Geschichte ist ziemlich verrückt."

Sten sagte nichts. Er nickte stumm, stand auf, kam zu ihr und umarmte sie. In seinem Blick war nicht mal ansatzweise Überraschung zu erkennen gewesen. Im Gegenteil, er sah so aus, als wäre er derjenige, der gerade etwas Unangenehmes erzählt hatte, als wäre er derjenige, der nun erleichtert war.

Für Amina war diese Reaktion völlig unerwartet. Es schien fast, als hätte sie ihm nichts Neues erzählt. Er fragte auch nicht nach weiteren Details. Amina fühlte sich den restlichen Abend unwohl. Irgendwie konnte sie die Situation nicht einschätzen. War er überfordert? Oder hatte er es vielleicht schon gewusst?

7. Kapitel

Mit großen Schritten näherte sich Weihnachten. Für die Studenten hieß das, dass danach die Klausuren anstanden, sie also nun bald mit dem Lernen anfangen sollten. Amina verbrachte zunehmend mehr Zeit in der Bibliothek. Auch Franzi war häufig dort und Alex sowieso.

Sten lernte meistens von zu Hause aus oder bei Freunden. Amina sah ihn im Moment etwas weniger. Sie schob das auf den Lernstress, war sich jedoch nicht ganz sicher, ob das der einzige Grund war, warum Sten auf einmal so beschäftigt war.

Manchmal war Amina richtig verzweifelt. In einem Moment lagen sie nebeneinander, Arm in Arm, sprachen über Gott und die Welt, und Amina hatte das Gefühl, Sten wirklich nahe zu sein. Im nächsten Moment schien er abwesend, seine Gedanken ließen sich nicht einfangen und bändigen, sie schienen dann überall zu sein, nur nicht bei ihr. Er wirkte oft so, als würde ihn etwas beschäftigen, als würde etwas in seinem Leben vor sich gehen, das er nicht mit ihr teilen wollte.

Seit einigen Tagen hatte der Striezelmarkt, der Dresdner Weihnachtsmarkt auf dem Altmarkt, geöffnet. Amina war mit Franzi am späten Nachmittag schon einmal durch die verschiedenen Stände, die allerlei Ess- und Trinkbares, Nussknacker in jeder denkbaren Größe und vieles mehr anboten, gelaufen. Die kleinen Holzhäuschen waren auffällig verziert, oftmals mit großen Figuren auf den Dächern, und auf einer Bühne wurde ein Programm geboten. In der Mitte stand ein Riesenrad, von dem aus man einen Rundblick über den Weihnachtsmarkt genießen konnte.

Amina und Sten waren heute auf dem Weihnachtsmarkt verabredet. Amina freute sich darauf, ihn mal nicht nur zwischen Tür und Angel zu sehen, sondern ein paar Stunden mit ihm verbringen zu können.

Der Himmel war eine graue, kuschelige Decke, die die Stadt zu umhüllen schien. Amina hatte sich dem Wetter entsprechend gekleidet. Mit ihrem dicken Schal, Handschuhen und dem Wollmantel fühlte sie sich wie ein Kind, das von seiner Mutter zum Schlittenfahren angezogen worden war.

Der Weihnachtsmarkt war unter der Woche nicht allzu voll, und man konnte gemütlich darüberschlendern. Am Wochenende hingegen schoben sich die Leute dicht gedrängt aneinander vorbei und standen ewig an jedem Stand an.

Amina und Sten trafen sich an einer Straßenbahnhaltestelle in der Nähe des Weihnachtsmarkts. Sten sah wieder einmal unverschämt gut aus. Es war egal, welche Art von Kleidung er trug oder wie seine Haare lagen, seine Ausstrahlung war einfach einnehmend. Und seine Augen. So viel schien sich in ihnen widerzuspiegeln, so viel Tiefe lag in seinem Blick. Amina wurde noch immer ganz nervös, wenn er sie mit seinen Augen durchbohrte. Zur Begrüßung küssten sie sich und machten sich dann auf den Weg in Richtung Weihnachtsmarkt.

Dort angekommen, gönnten sie sich eine Tasse Glühwein und stellten sich an einen kleinen Tisch vor dem Riesenrad.

Sten wirkte locker und unbekümmert. Amina hatte eher erwartet, dass er gestresst und nachdenklich sein würde. Sie konnte ihn immer noch nicht richtig einschätzen, er überraschte sie immer wieder. Mal positiv, mal negativ.

„Sag mal, wann hast du Rian das letzte Mal gesehen?", fragte Sten.

Amina war überrumpelt von dem plötzlichen Themenwechsel, sie hatten eben noch über verschiedene Glühweinsorten gesprochen.

„Meine Mutter war letzten Monat mit ihm hier. An dem Wochenende, an dem ich gesagt habe, ich wäre krank …"

Sten schmunzelte.

„So, so, verstehe. Du vermisst ihn wahrscheinlich sehr, oder?"

Aminas Herz schien augenblicklich an Gewicht zuzunehmen und schwerfälliger zu schlagen.

„Ja, immer. Es ist hart, ihn so selten zu sehen. Aber ich weiß, dass es ihm bei meiner Mutter besser geht, sie hat Zeit, sich um ihn zu kümmern. Nach dem Studium hole ich ihn dann wieder zu mir."

Amina war erleichtert, dass Sten endlich nachgehakt hatte, was Rian betraf. Er klang nicht abgeschreckt davon, dass sie schon Mutter war. Doch er wollte immer noch nicht wissen, wie Rian überhaupt entstanden war. Vielleicht dachte er, sie wollte nicht darüber sprechen.

Diese Erklärung erschien ihr plausibel.

Sie tranken noch einen Glühwein und beschlossen dann, eine Runde mit dem Riesenrad zu fahren.

Eng aneinander gekuschelt saßen sie alleine in einer der kleinen Gondeln, die leicht hin- und herschaukelten.

Unter ihnen tausende kleine Lichter und kleine Menschen, für die der Weihnachtsmarkt eine Abwechslung im immer gleichen Alltag bot.

Amina fühlte sich beschwipst, sowohl vom Glühwein, als auch von Stens Nähe. Sie versuchte, sich diesen Moment einzuprägen. Man wusste nie, ob das hier und jetzt vielleicht das Schönste war, was man mit einem bestimmten Menschen teilen würde.

Die nächsten Tage verbrachte Amina wieder in der Bibliothek. Sie fieberte im Moment jedem Treffen mit Sten entgegen, sie waren im Lernalltag die Highlights ihrer Wochen.

Da Franzi und Alex meistens in der Bibliothek nicht weit von ihr entfernt saßen, waren die zahlreichen Stunden zwischen Skripten und Laptop durchaus erträglich. Man machte viele, vielleicht zu viele, Pausen zusammen und konnte gemeinsam über den nicht enden wollenden Lernstoff jammern. Auch Franzi und Alex verstanden sich mittlerweile besser. Amina hatte fast das Gefühl, Alex versuchte, sich mit Franzi anzufreunden und sie selbst eher ein wenig zu meiden. Vielleicht bildete sie sich das aber auch nur ein, sie sah zu oft Gespenster.

Mittwochmorgen. Amina saß mit verquollenen Augen vor ihrem Laptop und versuchte sich zu merken, wie die moderne Umfrageforschung entstanden war. Sie hatte nicht gut geschlafen, war ständig aufgewacht und hatte auf ihrem Handy nachgesehen, wie spät es war. Als sie gerade auf die Toilette gehen wollte, sah sie Sten den Leseraum betreten und auf sie zugehen. Sofort breitete sich ein Lächeln auf Aminas Gesicht aus.

Er bedeutete ihr, ihn nach draußen zu begleiten, im Lesesaal durfte nicht oder wenn, dann nur ganz leise, gesprochen werden.

„Hast du am Wochenende schon etwas vor?", fragte Sten freudig.

Er schien fast aufgeregt zu sein.

„Nein, bisher nicht, wieso?", wollte Amina wissen.

„Ich habe eine Überraschung, ich hole dich Freitagmorgen ab. Gegen 10 Uhr", erwiderte er.

„Was für eine Überraschung denn?" Amina war nicht gut darin, sich überraschen zu lassen.

„Das sage ich dir doch jetzt nicht! Freitag um 10 Uhr vor deinem Wohnheim." Er zwinkerte ihr zu, gab ihr einen Kuss und ging davon.

Amina konnte kaum erwarten, dass es Freitag wurde. Stens gute Laune am Mittwoch ließ darauf schließen, dass er etwas wirklich Cooles geplant hatte. Sie fühlte sich an die Anfänge ihres Kennenlernens erinnert, als jedes ihrer Treffen eine Überraschung gewesen war.

Am Freitag stand sie überpünktlich vor ihrem Wohnheim und wartete auf Sten. Sie war aufgeregt. Vielleicht lud er sie nur zum Frühstück ein oder sie gingen spazieren. Doch aus irgendeinem Grund hatte sie das Gefühl, aufgeregt sein zu müssen.

Zwei Minuten vor 10 Uhr fuhr ein alter BMW auf ihr Wohnheim zu und hielt direkt vor ihr an. Sten winkte ihr daraus zu. Amina lachte und stieg auf der Beifahrerseite ein.

„Und was machen wir jetzt?", fragte sie, sobald sie Platz genommen hatte.

„Wir fahren in den Süden! Also naja, nach Süddeutschland. Ein Kumpel leiht mir für das Wochenende sein Auto und ich dachte, du würdest bestimmt gerne Rian sehen. Ich wollte sowieso schon länger meinen Cousin besuchen, der wohnt auch in der Gegend."

Sten sah sie erwartungsvoll an. Amina war so gerührt, dass ihr Tränen in die Augen stiegen. Sie beugte sich zu ihm hinüber und schlang ihre Arme um seinen Hals.

„Danke!", flüsterte sie ihm zu.

Mit dem Auto war man vergleichsweise schnell in Baden-Württemberg. Sie hatte sich darauf eingestellt, Rian und ihre Mutter an Weihnachten wiederzusehen. Nun war sie überglücklich, ihn in ein paar Stunden in die Arme schließen zu können.

Während der Fahrt redete Amina so viel wie sonst nie. Sie war aufgedreht und nervös, aber das störte Sten nicht. Im Gegenteil, er schien froh. Er würde sie in ihrer Heimatstadt absetzen und dann einige Kilometer weiter bis zu seinem Cousin fahren. Amina hatte bereits mit ihrer Mutter telefoniert, um sie über ihren spontanen Besuch in Kenntnis zu setzen. Auch sie war ganz aus dem Häuschen und freute sich auf ihre Tochter.

Am späten Nachmittag sammelten Aminas Mutter und Rian Amina in der Stadtmitte ein und fuhren nach Hause. Amina herzte Rian freudig und wollte ihn gar nicht mehr loslassen. Er hatte wie

Amina große, braune Augen, in denen hunderte Fragen zu lesen waren.

Ihre Mutter wollte alles über Sten wissen. Sie war begeistert von seiner Überraschung und pochte darauf, ihn kennenzulernen.

Sie beauftragte Amina, ihn am nächsten Tag zum Mittagessen einzuladen. Amina war sich nicht sicher, ob Sten ihre Mutter und ihren Sohn kennenlernen wollte. Schließlich waren sie nicht offiziell zusammen. Oder vielleicht doch mittlerweile?

Die kleine Familie verbrachte den restlichen Abend zu Hause, erzählte sich alles, was es zu erzählen gab, und genoss die Zeit zusammen. Kein Wort sollte unausgesprochen bleiben, kein Moment verschwendet werden. Amina hatte den Eindruck, dass auch ihre Mutter langsam an der Entscheidung, Amina zum Studium so weit weg zu schicken, zweifelte. Doch sie versuchte, sich das so gut es ging nicht anmerken zu lassen.

„Hast du Lust, morgen zum Mittagessen vorbeizukommen?", tippte Amina am späten Abend in ihr Handy.

Nach einigen Minuten traf Stens Antwort ein.

„Klar!"

Am nächsten Morgen spielte Amina mit Rian zu Hause, während ihre Mutter einkaufen war. Rian war ein fröhliches, aber eher ruhiges Kind. Hochkonzentriert malte er auf einem Blatt Papier vor sich hin. Amina tat so, als würde sie es ihm gleichtun, beobachtete ihn jedoch die meiste Zeit.

In den ersten Monaten mit ihm war sie oft ungeduldig und gereizt gewesen. Insgeheim hatte sie die anderen zu jungen Mütter, die man manchmal im Fernsehen sah, nicht verstanden, die immer beteuerten, dass trotz der ungewollten Schwangerschaft ihr Kind nun das Beste in ihrem Leben sei und sie auf keinen Fall bereuten, es bekommen zu haben. Amina hatte sich geschämt, dass sie nicht genauso gefühlt hatte, sie hatte sich oft gewünscht, sie wäre wieder kinderlos, sie hätte keine Verantwortung mehr.

Mittlerweile ging es ihr nicht mehr so. Rian war ihr ganzer Stolz, und auch sie konnte nun sagen, dass sie ihn nicht mehr missen wollen würde.

Sie half ihrer Mutter beim Kochen, während Rian schlief. Nervös schielte sie immer wieder auf die große, sonnenförmige Uhr über dem Kühlschrank. Sten würde in 20 Minuten da sein. Sie hoffte, ihre Mutter würde ihn mögen. Und vor allem hoffte sie, Rian würde ihn mögen.

Als es an der Tür klingelte, stürmte sie hastig an die Sprechanlage und öffnete sie.

Sten wirkte ebenfalls etwas nervös, als er die Treppe hinaufkam, stellte sich ihrer Mutter jedoch souverän vor und ließ seinen Charme spielen. Amina sah, dass ihre Mutter ihn sofort mochte. Sie war erleichtert.

Die drei aßen zu Mittag und unterhielten sich über die Uni in Dresden, Sten erzählte von seinem Masterstudium.

Danach ließ Aminas Mutter die beiden alleine. Sie gingen in Aminas und Rians Zimmer, um nach Rian zu sehen. Dieser war schon wieder wach und spielte mit seinem Kuscheltierhasen.

Sten ging langsam auf ihn zu, kniete sich zu ihm herunter und sagte:

„Hallo, ich bin Sten."

„Hallo", erwiderte Rian vorsichtig.

Amina musste sich ein breites Lächeln verkneifen. Rian stellte Sten seinen Hasen Kasimir vor und Sten gab sich interessiert. Es war anrührend, den beiden zuzusehen.

Zu dritt gingen sie am Nachmittag eine kleine Runde spazieren, es war zu Rians Vergnügen schon etwas Schnee gefallen.

Es fühlte sich an, als würden sie zusammengehören, Amina, Sten und Rian. Es war ein Schein, aber ein schöner.

Wenn es nur immer so sein könnte.

Am Abend fuhr Sten wieder zu seinem Cousin.

„Sehr sympathisch ist dein Freund", sagte Aminas Mutter später.

Am Sonntag holte Sten Amina mittags von zu Hause ab. Amina war dieses Mal nicht allzu traurig, sich von Rian und ihrer Mutter verabschieden zu müssen. Zum einen würde sie die beiden in ein paar Wochen wiedersehen und zum anderen war Sten bei ihr. Sie war nicht alleine, wenn sie ging.

Vor der langen Fahrt, musste Sten den Wagen tanken. Sie fuhren also Richtung Stadtmitte zur örtlichen Tankstelle.

Sten betankte den BMW und ging dann zum Bezahlen. Amina hatte vergessen, etwas zu trinken einzupacken, deshalb beschloss sie, ihm hinterherzugehen und noch eine Flasche Wasser zu kaufen.

Drinnen sah sie Sten auf einmal mit einer anderen Person reden, einem Typen in seinem Alter. Sie wirkten, als würden sie sich kennen. Nichtsahnend stellte sie sich dazu.

„Mensch, wieso sagst du denn nicht, dass du in der Heimat bist, Sten?! Hätten wir uns mal treffen können. Jedenfalls schön, dich zu sehen! Wann bist du wieder hier?"

Amina war verdutzt. In der Heimat? Stens Cousin wohnte doch lediglich hier.

Sten fühlte sich sichtlich unwohl, seitdem Amina dem Gespräch zuhörte. Bevor er etwas sagen konnte, stellte sich der Fremde Amina vor:

„Hey, ich bin mit Sten in die Schule gegangen, in Wilmingen."

Amina konnte nicht mehr als nicken und lächeln.

Sten war hier zur Schule gegangen? 20 Kilometer von ihrem Heimatort entfernt? Wieso wusste sie davon nichts?

8. Kapitel

Sten mied Aminas Blick, bis sie wieder im Auto saßen.

„Was war das denn?", fragte Amina, sobald sie die Türen geschlossen hatten.

Sten sah mit versteinerter Miene penetrant geradeaus.

„Ein alter Schulfreund war das."

Stens patzige Antwort machte Amina wütend.

„Du bist wirklich hier zur Schule gegangen? Wir kommen aus derselben Gegend und du hast das nie erwähnt?!", antwortete Amina aufgebracht.

„Ich habe ständig überall gewohnt. Ja, ich komme aus der Gegend hier, bin mit meinen Eltern aber immer wieder umgezogen und zeitweise wieder zurückgekommen. Zuletzt habe ich in Berlin gewohnt vor dem Studium, das habe ich dir ja erzählt ..."

Amina war fassungslos. Wie zur Hölle kam er darauf, so etwas unter den Tisch fallen zu lassen?

Die nächsten hundert Kilometer schwiegen sie sich an. Amina wusste nicht, was sie sagen sollte, ohne zu explodieren. Sie verstand Sten einfach nicht, seine Heimlichtuerei und sein grundlos seltsames Verhalten, das in ihr immer wieder Misstrauen hervorrief.

Das Wochenende war so harmonisch gewesen, wie konnte es sein, dass sich alles immer wieder innerhalb von Sekunden ins Gegenteil verkehrte?

Irgendwann beendete Sten das Schweigen:

„Ich habe es nicht für wichtig gehalten ... oder besser gesagt, ich rede einfach nicht gerne über manches."

Die Worte besänftigten Amina nicht gerade, im Gegenteil. Wenn Sten wollte, schloss er sie einfach scheinbar willkürlich aus. Sie durfte nur erfahren, was er sie wissen lassen wollte. Ansonsten sollte sie den Mund halten und nicht nachfragen.

Sie sagte nichts dazu und Sten ergänzte auch nichts.

Amina schlief nach weiteren fünfzig Kilometern mit dem Kopf ans Fenster gelehnt ein.

Als sie am Abend in Dresden ankamen, redeten sie wieder miteinander, die Stimmung war jedoch angespannt.

Amina hatte es eilig, in ihre Wohnung zu kommen, um alleine sein zu können. Sie war wirklich entnervt von der Situation mit Sten. Sie wollte nicht einmal mehr darüber nachdenken, wie frustrierend es war, dass er ihr wieder etwas verheimlicht hatte und nicht mit ihr darüber sprechen wollte. Sten schien ihr wie ein unlösbares Rätsel, wie ein Labyrinth, in dem sie sich immer wieder verlief, wenn sie gerade gedacht hatte, sie hätte den richtigen Weg gefunden.

Ein paar Tage verstrichen, in denen sie sich sich lediglich tippend via Handy unterhielten. Amina hatte keine große Lust, Sten zu sehen und ihm schien es ähnlich zu gehen. Keiner machte Anstalten, ein Treffen zu organisieren.

Es gab jedoch auch viel zu tun, so dass Amina die Zeit, die sie sich nicht sahen, nicht allzu lange vorkam. Vor den Weihnachtsferien setzten viele Professoren noch einige Abgabetermine für Essays, Hausarbeiten und anderes an.

Somit war es nicht selten, im Dunkeln morgens aus dem Haus zu gehen und im Dunkeln abends, nach vielen Stunden Uni und Bibliothek, nach Hause zu kommen und ins Bett zu fallen.

So gerne sich Amina auch über die viele Arbeit, die im ersten Semester nun einmal anfiel, beschwerte, eigentlich tat es ihr gut, ständig beschäftigt zu sein. So grübelte sie nicht so viel wie sonst und die Tage verstrichen einfach, ohne dass sie von ihr gestaltet werden mussten.

Als Amina und Sten sich schließlich wiedersahen, war alles wie immer. Die Magie zwischen ihnen hatte trotz der vielen kleinen Störfaktoren noch keinen Kratzer abbekommen. Sie mochten sich zu sehr, als dass sie nachtragend sein wollten. Sten gab sich wieder einmal Mühe, witzig und charmant zu sein und nicht den geringsten Zweifel daran aufkommen zu lassen, dass er immer für Amina da war und alles für sie tun würde. An solchen Tagen fragte sie sich manchmal, ob sie einfach zu kritisch war und zu viel an Sten auszusetzen hatte. Fing sie zu schnell einen Streit an? Wegen zu unwichtiger Dinge? War sie gar am Ende schuld an der immer wiederkehrenden Disharmonie?

Vielleicht sollte sie ihm einfach zugestehen, dass er nicht immer über alles mit ihr reden wollte, nicht seine ganze Vergangenheit darlegte.

In letzter Zeit hatte Amina das Gefühl, dass Sten seine Freunde seltener in der Semperoper traf. Natürlich würde er es ihr sowieso nicht auf die Nase binden, jedoch war er durch die anstehenden Klausuren meist mit Lernen beschäftigt oder traf Kommilitonen, die die gleichen Klausuren zu schreiben hatten, so dass nicht viel freie Zeit blieb. Und wenn, dann meldete er sich bei Amina.

Sie wusste, dass sie ihn einfach fragen sollte. Sie sollte ihn fragen, ob Ante Noctem sich gerade regelmäßig traf, ob sie etwas planten, und wenn ja, was. Aber diese Fragen würden unweigerlich die gute Stimmung zwischen ihnen zerstören und wieder zu Streit und Schweigen führen. Das wollte sie nicht, also mutmaßte sie lieber.

An einem Samstagabend trafen sie sich mal wieder bei Sten zu Hause. Einer von Stens Mitbewohnern hatte Amina die Tür geöffnet und so hatte Sten ihr Kommen nicht bemerkt. Als sie in sein Zimmer eintrat, saß er mit großen Kopfhörern auf den Ohren an seinem Schreibtisch und arbeitete einen Stapel Blätter durch.

Der Raum war dunkel, die Schreibtischlampe erhellte lediglich die vor Sten liegenden Unterlagen.

Als Amina die Tür hinter sich schloss, blickte Sten schließlich auf und nahm seine Kopfhörer ab.

„Hey!", sagte er locker.

„Hey, was machst du da?", entgegnete Amina und ging zu Sten hinüber. Vor ihm lag eine Stadtkarte von Dresden, auf der er Notizen vermerkt hatte, sowie einige Listen und Texte.

„Ich muss was organisieren für nächste Woche … ", sagte er geschäftig, während er begann, auf seinem Schreibtisch Ordnung zu schaffen.

„Was denn?", fragte Amina beiläufig, während sie Schal und Mantel ablegte.

„Wir machen eine kleine Demo am Dienstag."

Nun hatte Sten Aminas volle Aufmerksamkeit. Sie hielt inne und sah ihn an.

„Eine Ante Noctem-Demo?", wollte sie wissen.

„Ja. Nichts Großartiges, aber eine ganz coole Aktion."

Sten war mit seinen Gedanken offensichtlich immer noch bei der Planung der Demonstration, während er mit Amina sprach. Er klang teilnahmslos und abwesend.

„Und wer demonstriert da außer euch fünf?", hakte Amina nach.

Sten wehrte sich heute ausnahmsweise nicht gegen harmlose Fragen.

„Ach, ein paar Leute, die ähnliche Vorstellungen haben wie wir. Samuel hat sich darum gekümmert."

Wie Amina bisher mitbekommen hatte, war Samuel wohl derjenige, der bei Ante Noctem das Sagen hatte und dessen Ansichten sich durchsetzten.

Sten kam nun zu Amina und gab ihr einen langen Kuss.

„Ich habe dich vermisst", flüsterte er.

Bei seinen Worten kam ein wohliges Gefühl in Amina auf, das jedoch sofort in dem Tornado an Unbehagen verschwand.

Ante Noctem plante eine Demonstration. Sie hatte mit ihrer Vermutung, dass die Gruppe in letzter Zeit inaktiv war oder gar an Auflösungserscheinungen litt, also völlig falsch gelegen. Im Gegenteil, eine Demonstration war eindeutig eine Steigerung zum anonymen Flugblätter-Verteilen.

„Wo findet die Demo statt?"

Sten nahm Aminas kritischen Blick wahr und wollte sie offensichtlich besänftigen.

„In Gorbitz direkt an der Grenze zu Löbtau. Das wird wirklich nichts Besonderes, ein paar Leute, ein bisschen Musik und ein paar Plakate. Keine Sorge."

Und ob Amina sich sorgte. Sie würde definitiv dorthin gehen und sich angucken, wie so eine „nicht besondere" Demo aussah und was für Leute dort teilnahmen.

Nachdem Amina Sten noch den genauen Startpunkt und die Uhrzeit entlockt hatte, wollte er wissen, ob sie vorhatte vorbeizukommen. Er schien nicht begeistert, unternahm aber auch keinen Versuch, Amina vom Fernbleiben zu überzeugen. Das beruhigte sie etwas. Vielleicht war es wirklich nicht so schlimm, wie sie sich intuitiv ausmalte.

Sonntag 14 Uhr. Amina fuhr mit der Straßenbahn in Richtung Gorbitz, zum Amalie-Dietrich-Platz. Der Stadtteil Gorbitz lag etwas dezentral, man fuhr etwa 20 Minuten aus der Stadtmitte. Gorbitz hatte keinen allzu guten Ruf. Ein Plattenbau neben dem anderen, Jugendliche mit Dosenbier und Trainingshose am helllichten Tag. Doch durch die günstigen Mietpreise siedelten sich auch immer mehr Studenten und ältere Paare dort an.

Kurz vor halb drei kam Amina an, stieg aus der Bahn und sah sich um. Musik und lautes Gegröle waren von hier schon zu hören und sie folgte dem Lärm einfach.

Vor einem Supermarkt hatten sich einige Leute versammelt. Sogar recht viele, Amina schätze, dass es fast hundert waren. Sie war davon ausgegangen, dass vielleicht fünfzehn Jungs zusammenkommen würden.

Es waren tatsächlich hauptsächlich Männer, alle etwa in Stens Alter. Die meisten hatten ein Bier in der Hand und unterhielten sich in kleineren Gruppen. Vereinzelt standen ein paar Mädchen dabei, ebenfalls mit Bier ausgestattet. Die Horde wirkte nicht sehr einladend auf Amina. Sie war etwas entfernt an einem großen Baum stehengeblieben und versuchte, Sten oder einen seiner Kumpels zu erspähen. Erfolglos. Zu viele dunkel gekleidete Menschen auf einem Haufen. Einige hatten tatsächlich beschriftete Plakate und Banner dabei. Aus der Entfernung konnte Amina allerdings nicht erkennen, was darauf geschrieben stand.

Irgendwer drehte die Musik zu einem rockigen Song lauter.

„Deutschland über alles, unser Vaterland!", brüllte eine raue Stimme. Einige jubelten und begannen, zur Musik hin und her zu springen.

Einige Gestalten sahen ziemlich zwielichtig aus, mit grimmigen Gesichtern, aber die Masse wirkte relativ normal. Normale Frisuren, normale Kleidung. Abwegige Gedanken.

Nun hatte Amina endlich Sten entdeckt. Er stand mit einigen Typen, die Amina nicht kannte, an einem kleinen Bollerwagen, in dem die Musikanlage platziert war. Er wirkte ausgelassen, fast rebellisch. Die Musik und die Leute schienen ihn locker zu machen. Bei der Erkenntnis, dass Sten sich mit diesen Leuten total wohl zu fühlen schien, fühlte Amina einen Stich in der Brust. War er bei ihr jemals so ausgelassen gewesen?

Amina traute sich immer noch nicht, auf die Gruppe zuzugehen. Sie stand noch eine Weile auf ihrem Beobachtungsposten und überlegte, was sie nun tun sollte. Langsam kam sie sich mit ihrer ständigen Spionage-Tätigkeit wirklich lächerlich vor.

Dann kam plötzlich Bewegung in die Menge. Einige Leute entfalteten das Banner auf seine volle

Größe und gingen in einer Reihe, das Banner vor sich haltend, in Richtung Straßenbahnstation. Langsam folgten ihnen immer mehr Demonstranten.

„Jetzt sind wir dran! Goodbye, Asyl!", stand mit schwarzer Schrift auf leuchtend rotem Hintergrund.

Amina fühlte sich nun wirklich unwohl. Diese Ansage ließ keinen Zweifel daran, dass diese Gruppe tatsächlich ein Mob rechtsgesinnter, junger Leute war.

Als sie schon an ihr vorbeigezogen waren, ging Amina zaghaft hinterher und suchte nach einer Möglichkeit, sich Sten zu nähern. Er war in der Mitte des Umzugs, bestens gelaunt mit Bier und einem Lachen im Gesicht. Amina wurde schlecht von diesem Anblick. War das wirklich der sanfte Sten, der sie immer mit seinen eisblauen Augen ansah, sie küsste und sie nachts fest im Arm hielt? Der mit ihrem kleinen Sohn gespielt hatte? Ihr Sten war ein rechter Prolet? Oder doch nur ein Mitläufer? Machte das überhaupt einen Unterschied?

Amina verfolgte den Umzug bis nach Löbtau. Sie fror und hatte keine Lust mehr auf die völkische Musikbeschallung, aber sie wollte noch mit Sten reden.

Also wartete sie, bis die Menge sich etwas auflöste und verteilte und schlich schließlich zwischen den Herumstehenden zu Sten.

Er sah sie sofort, kam auf sie zu und umarmte sie. Bierfahne.

„Hey, schön dich zu sehen!", rief er.

„Sten, können wir reden?", erwiderte Amina, weit weniger gut gelaunt.

Sie zog ihn aus der Masse heraus und schaute ihn fordernd an.

„Was gibt's?", fragte er naiv.

„Sten, du bist von Rassisten umgeben, sieh dir das an!"

Amina zeigte auf ein kleines Transparent, das neben ein paar Typen auf dem Boden lag.

„Deutschland, das sind wir!", behauptete dieses.

Sten zog eine Miene, als hätte er auf eine Zitrone gebissen:

„Was? Nein, das ist übertrieben. Wir wollen uns nur wehren!"

„Gegen was?", wollte Amina leicht verzweifelt wissen.

Sie fühlte sich gerade, als wollte sie Rian erklären, warum die Erde rund war.

„Gegen die verkorkste Politik, die über unsere Köpfe hinweg entscheidet. Guck dir mal an, wie krass die Kriminalitätsrate steigt, seitdem wir alle ins Land lassen! Da muss man etwas tun!"

Amina erkannte Sten nicht wieder. Diese Stammtischparolen passten nicht zu ihm.

„Sten, das ist doch nicht dein Ernst, oder? Du hetzt gegen Menschen, die alles verloren haben, denen der Tod in ihrem Land droht?"

Sten schüttelte spöttisch den Kopf. Er dachte wohl, sie würde einfach nicht begreifen, um was es ihm ging.

„Darum geht's doch nicht", meinte er dann. „Wir lassen uns ausnutzen und werden zum Dank terrorisiert und bombardiert! Das kann einfach nicht sein!"

„Sten, du verdrehst doch die Tatsachen! Niemand nutzt dich aus, das ist alles viel zu einfach gedacht …", wollte Amina loswerden. Sten sah jedoch mittlerweile an ihr vorbei zu seinen Freunden. Das Gespräch war für ihn offensichtlich beendet.

Amina seufzte, sie fühlte sich hilflos.

„Wir sehen uns", sagte sie knapp und wandte sich um, um zu gehen.

Sten hielt sie jedoch sofort an der Schulter fest und drehte sie wieder zu sich herum. Er schien nun den Ernst der Lage begriffen zu haben, sein Blick war fest und eindringlich.

„Amina, das ist eine kleine Party, wir vernetzen Leute, lernen neue Leute kennen, demonstrieren ein bisschen. Da ist nichts dabei. Jeder hier hat seine eigenen Überzeugungen, manche sind radikaler als andere, aber gemein haben wir, dass wir einfach etwas ändern wollen."

Stens klare Worte beruhigten Amina etwas. Wenn er sie auf diese Weise ansah, wie er es jetzt gerade tat, wirkte das fast hypnotisierend auf sie.

Sten zog sie zu sich heran und umarmte sie. Sie löste sich unwillig und trat ein paar Schritte von ihm zurück.

„Ich packe schnell ein paar Dinge zusammen und dann gehen wir. Warte hier bitte auf mich", sagte er dann.

Kaum entfernten sie sich von der großen Gruppe, war Sten wieder der alte. Es war, als hätte er zwei Gesichter. Amina war unbehaglich zumute. Welche Seite war denn nun Stens echtes Ich?

9. Kapitel

In drei Tagen war endlich Weihnachten. Amina war erschöpft und erleichtert, als sie schließlich ihre Sachen zusammenpackte, um am Morgen mit dem Zug nach Hause zu ihrer Mutter und Rian zu fahren. Die letzten Tage hatte sie noch einiges zu tun gehabt und nun war sie froh um eine kleine Auszeit.

Amina und Franzi trafen sich morgens noch auf einen Kaffee am Hauptbahnhof. Beide fuhren etwa um die gleiche Zeit nach Hause und hatten sich deshalb vor der Fahrt verabredet.

Sie saßen in einem Café im Bahnhofsgebäude an einem kleinen, runden Tisch, mit Blick auf die Zuggleise. Um diese Zeit war keine Menschenseele am Bahnhof, die Gleise waren wie ausgestorben. Der Anblick des leeren Bahnhofs beruhigte.

Amina genoss es, wie der heiße Kaffee ihren Körper wärmte.

Franzi und Nicolai näherten sich langsam wieder an, wie Franzi kleinlaut berichtete. Sie gab offensichtlich nicht gerne zu, dass sie nachgegeben hatte. Amina freute sich für die beiden, trotz allem fand sie, dass sie gut zusammenpassten.

Amina war kurz davor gewesen, Franzi von Ante Noctem und der Demonstration zu erzählen, hatte sich dann aber doch dagegen entschieden. Sie hätte zwar gerne eine andere Meinung dazu gehört, jedoch wollte sie nicht, dass Franzi Sten ablehnte.

Die Zugfahrt zog sich zäh dahin. Amina saß die meiste Zeit einfach nur da und schaute aus dem Fenster. Immer gleiche weiße, frostige Landschaften zogen an ihr vorbei. Kahl und leblos sah alles aus. Der Platz neben ihr war zum Glück freigeblieben. Amina mochte es nicht, fremden Menschen zu nahe zu sein, und schon gar nicht auf einer solch langen Zugfahrt. Es störte sie, wenn der andere etwas stark Riechendes aß, ein bisschen zu laut Musik hörte oder telefonierte. Sie wollte ihre Ruhe haben und ungestört nachdenken können.

Amina mochte ihre Heimatstadt nicht besonders. Allein dieser Gedanke kam ihr falsch vor und sie würde ihn auch niemals laut aussprechen. Aber sie empfand genau so.

Es gab keinerlei Spielraum für Spontanes, Neues oder Ungewöhnliches in dieser kleinen Stadt. Am Wochenende gingen alle auf dieselbe Party, in dasselbe Café, in dieselben Läden, um einzukaufen. Es gab keine Auswahl. Man traf dann dieselben Leute überall, in denselben Konstellationen.

All das hatte ihr die Luft zum Atmen genommen, die Kleinstadt hatte sich wie ein Gefängnis angefühlt. Es passierte dort einfach nichts, man wartete und wartete, auf irgendetwas, darauf, dass irgendetwas passierte, aber stets vergeblich.

Vielleicht war das alles an sich gar nicht so schlimm, aber Amina fühlte sich nicht richtig mit ihrer Heimatstadt verbunden. Warum das so war, wusste sie selbst nicht.

Am Bahnhof warteten ihre Mutter, Rian und der grüne Opel bereits auf Amina. Rian verschwand fast hinter Mütze und Schal. Er war sichtlich genervt von seiner dicken Winterkleidung und zerrte immer wieder daran herum.

Zu Hause angekommen, machten es die drei sich gemütlich und begannen, die kleine Wohnung zu schmücken. Eine Kinder-Weihnachts-CD spielte im Hintergrund und Rian malte Tannenbäume in allen Variationen. Amina konnte sich einen Nachmittag kaum idyllischer vorstellen.

Im Moment wünschte sie sich wirklich, Rian wäre immer bei ihr. Sie wollte für ihn da sein, mit ihm spielen, für ihn Essen zubereiten, ihn ins Bett bringen. Sie wollte ihn vom Kindergarten abholen, sich mit anderen Müttern über Kindersendungen und ungesundes Plastikspielzeug austauschen und einfach Mutter sein. Gleichzeitig schreckte sie der Gedanke ab. Sie war noch jung, es wurde von ihr erwartet, dass sie sich bildete, dass sie fleißig war und später einen guten Job hatte.

Sie sollte Spaß haben, Verantwortung übernehmen und gleichzeitig Karriere machen. Wie genau das alles zu bewältigen war, sagte ihr aber keiner.

Am nächsten Tag war Amina mit Amelie verabredet. Amelie war einmal eine von Aminas besten Freundinnen gewesen. Eigentlich war sie es immer noch, jedenfalls hatte sich der Status offiziell nicht geändert. Jedoch hatten sie, seitdem Amina weggezogen war, kaum voneinander gehört. Amina hatte keinen ihrer alten Freunde seitdem regelmäßig angerufen oder geschrieben. Dies war zum Teil eine bewusste Entscheidung gewesen, sie wollte Abstand von allem, was sie an ihr altes Leben und die Umstände, die zu Rians Entstehen geführt hatten, erinnerte. Sie hatte aber auch einfach keine Zeit gehabt, sich zu melden, sie zu sich einzuladen oder sie gar zu besuchen. Es gab immer Wichtigeres zu tun.

Amelie war in dieser einen Nacht dabei gewesen, sie war eine jener Freundinnen, die sie zu dem Fest begleitet hatten.

Eigentlich hatte sich das Verhältnis seitdem etwas verschlechtert, sie waren immer weniger auf einer Wellenlänge gewesen. Während Amelie immer mehr ausgegangen war, hatte sich Amina immer mehr zurückgezogen. Sie wollte über diese Nacht kein Wort mehr verlieren und auch ihre Freundinnen wussten nicht mehr, wie sie mit ihr umgehen sollten. Keinen traf eine Schuld, für das was passiert war, das wusste Amina, das wussten die anderen beiden. Trotzdem war ihre Freundschaft seit dieser Nacht belastet.

Amelie kam am Nachmittag zu Amina nach Hause. Unbeholfen umarmten sie sich, als Amelie vor der Wohnungstür stand. Sie sah gut aus. Amelie war schon immer ausgesprochen hübsch gewesen, langes, glattes, schwarzes Haar und dazu grüne Augen und ein niedliches Gesicht.

Amelie war herzlich und versuchte, das unangenehme Fremdeln zwischen ihnen zu kaschieren. Sie fragte gleich nach Aminas Mutter und Rian und begrüßte auch die beiden freundlich. Amina hatte sofort ein schlechtes Gewissen, weil sie sich so selten gemeldet hatte. Amelie hätte ihr eine Stütze sein können, die ganze Zeit über, aber sie zog es leider immer vor, sich zurückzuziehen. Sie hoffte, dass sie das irgendwann würde ändern können.

Sie machten es sich in Aminas und Rians Zimmer gemütlich und saßen sich in Aminas kleinem Bett gegenüber. Rian hatte das Zimmer mittlerweile völlig eingenommen. Statt Aminas Postern hingen Kinderbilder und Zeichnungen von Rian an der Wand. Sein Spielzeug stand in kleinen Kisten verstaut an einer Seite des Raums aufgereiht, trotzdem lagen überall kleine Spielzeugautos und Legosteine herum. Sein Bett stand am Fenster, daneben eine Kommode, in der seine Kleidung verstaut war. Von Aminas ehemaligem Jugendzimmer war eigentlich nur ihr Bett übriggeblieben. Amina störte das jedoch nicht, sie wohnte schließlich mittlerweile nicht mehr hier und wollte, dass Rian sich in seinem Zimmer wohlfühlte. Die Wohnung war leider zu klein, als dass Amina und Rian jeweils ein eigenes Zimmer hätten haben können.

Amelie erzählte von ihrem Studium, ihrem Freund, ihrem kommenden Auslandssemester und den vielen Reisen und Kurztrips, die sie gerne unternahm. Amina hatte den Eindruck, dass sie sich Mühe gab, nicht zu begeistert zu klingen, doch es war offensichtlich, dass sie in ihrem Leben eine Menge Spaß hatte. Amina gönnte ihr das, keine Frage. Aber natürlich war sie neidisch. Hätte Amina Rian nicht, würden sie wahrscheinlich auch zusammen mit einer Freundin oder einem Freund in den Semesterferien verreisen. Drei Tage Paris, vier Tage London oder sogar zwei Wochen Thailand.

Stattdessen würde Amina die Semesterferien in ihrem Heimatort bei Rian verbringen.

Sie seufzte innerlich, während sie Amelies Plänen zuhörte. Vielleicht sollte sie einfach mal mit Rian verreisen. Bisher hatte sie sich das nicht zugetraut. Es war anstrengend, mit einem kleinen Kind unterwegs zu sein.

Unweigerlich kam das Gespräch auf Aminas Liebesleben zu sprechen:

„Wie läuft's denn bei dir so, hast du jemanden kennengelernt?"

Amina sah Amelie einige Sekunden reglos an, als hätte sie sie etwas völlig Abwegiges gefragt. Fast dachte sie, Amelie hätte absichtlich danach gefragt, weil sie wusste, dass das ein schwieriges Thema war. Dann fing sie sich wieder.

„Ja, naja, ich habe jemanden in Dresden kennengelernt. Mal sehen, was daraus wird."

Amina ärgerte sich sogleich über ihre vage Antwort. Es hörte sich an, als hätte sie Sten gerade vor drei Tagen getroffen. Dabei waren bereits Wochen und Monate verstrichen, seitdem sie sich das erste Mal begegnet waren.

Als Amelie sich nach zwei Stunden wieder verabschiedete, fühlte sich Amina erschöpft. Amelie hatte nichts falsch gemacht, sie war eine gute Freundin. Aber sie hatte mit Aminas jetzigem Leben einfach nichts mehr zu tun. Es strengte an, die letzten Monate in ein paar Worte zusammenzufassen, um sich gegenseitig auf dem neusten Stand zu halten. Sie hatte das Gefühl, dass sie sich einfach zu sehr aus den Augen verloren hatten. In den wichtigen Momenten war die jeweils andere nicht dabei gewesen. Vielleicht konnte man so eine sterbende Freundschaft nicht wiederbeleben.

Amina hatte sich in den letzten Jahren stark weiterentwickelt. Es war ihr auch gar nichts anderes übriggeblieben, sie war auf einmal Mutter geworden, hatte von jetzt auf gleich die Verantwortung für einen anderen Menschen übernehmen müssen. Während sie Rians Spielsachen zusammenräumte, dachte sie darüber nach, wie sehr sie sich verändert hatte, seitdem Rian da war. Sie war zweifellos ernster geworden, weniger spontan und leichtlebig. Gleichzeitig reagierte sie auf gewisse Dinge weniger aufgeregt und war abgeklärter als ihre gleichaltrigen Kommilitonen.

Am Weihnachtsmorgen gab es viel zu tun. Aminas Mutter rannte kopflos vom einen Ende der Wohnung zum anderen. Amina bot immer wieder an, beim Kochen oder Putzen zu helfen, doch ihre Mutter nahm das Angebot ungern an. Sie wollte, dass Amina sich ausruhte und einfach nichts tat. Für Amina musste die Wohnung nicht perfekt aussehen und das Essen aufwändig sein. Sie feierten sowieso nur zu dritt und es ging ihr persönlich nur um das Zusammensein, der Rest war ihr egal. Aber ihre Mutter hatte andere Maßstäbe, was solche Dinge betraf.

Als gegen Nachmittag die Butter ausging, musste Aminas Mutter schließlich doch ihre Tochter in den nächstgelegenen Supermarkt losschicken, um neue zu besorgen.

Amina hatte nichts einzuwenden. Sie fuhr gerne mit dem Auto ihrer Mutter, da sie sonst auch selten die Gelegenheit bekam, Auto zu fahren. Sie hätte gerne ein eigenes Auto. Natürlich war das für eine Studentin nicht unbedingt notwendig, aber mit Auto könnte sie nach Hause zu Rian fahren, wann immer sie wollte.

Der Opel stand zum Glück in der Garage, so musste Amina ihn nicht erst von Schnee und Eis befreien und konnte sofort losfahren. Die Strecke bis zum größten Supermarkt der Stadt kannte sie in- und auswendig. Als Rian gerade auf die Welt gekommen war, waren ihr ständig Dinge ausgegangen, und sie oder ihre Mutter hatten diesen Weg fast täglich zurückgelegt.

Der Parkplatz war erwartungsgemäß brechend voll. Überall gestresste Gesichter, die hektisch Einkaufswagen in Richtung Supermarkt-Eingang schoben. Wie vielen Menschen doch in letzter Sekunde einfiel, dass sie dies und jenes brauchten, was sie Tage vorher in Ruhe hätten besorgen können. Aber sie und ihre Familie waren nicht besser. Während Amina sich ebenfalls einen Einkaufswagen suchen wollte, rief ihre Mutter sie an und diktierte ihr noch Weiteres, das sie nun dringend benötigte.

Amina betrat den Supermarkt mit einem leicht mulmigen Gefühl. Sie wusste selbst nicht genau, weshalb. Vermutlich weil die Möglichkeit bestand, jemanden zu treffen, den sie nicht treffen wollte. Alte Schulkameraden oder ehemalige Lehrer. Irgendwer, der ihr Fragen stellen konnte, die sie nicht beantworten wollte.

Sie schob sich zwischen einer aufgeregten Mutter, die versuchte, ihre Kinder davon abzuhalten, in alle Richtungen zu laufen, und einem alten Ehepaar, das nicht bemerkte, dass es mitten im Weg stand, hindurch und ging schnellen Schrittes in die Kühlwarenabteilung. Sie wollte ihre Erledigung schnell hinter sich bringen und wieder nach Hause fahren.

Gerade als sie das Regal gefunden hatte, in dem verschiedene Buttersorten zu finden waren, spürte sie ein Kribbeln im Rücken. Es war, als würden Ameisen über ihren Körper huschen. Abrupt drehte sie sich um 180 Grad und sah am Milchregal einen Typen in ihrem Alter stehen. Als hätte er bemerkt, dass sie ihn ansah, blickte auch er zu ihr herüber.

Unendlich zäh schienen die darauffolgenden Sekunden zu vergehen. Aminas Herzschlag vervielfachte sich und sie drehte sich zurück zu den Regalen, um sich festzuhalten. Ihr Atem beschleunigte sich. Panik. Sie schloss die Augen, sie wusste nicht, wie ihr geschah. Wie Blitze schlugen Bilder in ihren Kopf ein, Bilder aus jener Nacht. Amina mit einem Weinglas in der Hand, lachend, umringt von jungen Männern.

Amina, wie sie Mühe hatte, sich auf den Beinen zu halten, wie sie sich an einem der Typen festhielt. Dann zuletzt das Gesicht, in das sie eben geblickt hatte, das Gesicht vom Milchregal. Wie es sie anlächelte und irgendetwas zu ihr sagte.

10. Kapitel

Amina saß mit einer Tasse Tee in ihrem Bett. Ihre Zimmertür stand offen, damit sie ihre Mutter zu sich rufen konnte, wenn nötig.

Es ging ihr soweit wieder gut.

Sie hatte eine Panikattacke gehabt und war daraufhin für kurze Zeit ohnmächtig geworden. Das war ihr noch nie zuvor passiert, in all den Jahren nicht. Sie erinnerte sich dunkel an die Flashbacks und an den Typen am Milchregal. Hatte sie tatsächlich jemanden wiedererkannt? War er in jener Nacht dabei gewesen? Oder hatte er sie nur an etwas erinnert oder jemandem geähnelt?

Sie war sich nicht sicher, was wirklich passiert war. Sie war an dem Regal im Supermarkt zusammengesackt und kurz danach wieder zu sich gekommen, umringt von Menschen, die sie besorgt ansahen und auf sie eingeredet hatten. Danach war sie von einem Mitarbeiter in ein Büro gebracht worden und hatte dort darauf gewartet, von ihrer Mutter abgeholt zu werden, die von einer Nachbarin in Windeseile zum Supermarkt gefahren worden war. Den Milchregaltypen hatte sie nirgends mehr gesehen. Nachdem sie wieder aufgewacht war, war er verschwunden.

War er überhaupt jemals dort gewesen? Nicht einmal dessen war sie sich ganz sicher.

Ihre Mutter hatte nicht viele Fragen gestellt und trotzdem sofort verstanden, worum es ging. Sie machte sich Sorgen um Amina, das konnte Amina ihrer Mutter deutlich ansehen. Doch sie hielt sich zurück und versuchte, normal mit Amina umzugehen.

Amina war den ganzen Abend in Gedanken versunken. Sie versuchte, für Rian fröhlich zu sein, für ihn war der Heilige Abend natürlich etwas ganz Besonderes. Mit strahlenden Augen inspizierte er sein neues Spielzeugauto, das nervige Hupgeräusche von sich gab. Den Rest des Abends war er nun mit diesem beschäftigt und Amina und ihre Mutter konnten in Ruhe beisammensitzen. Amina überlegte mehrmals, ihrer Mutter von dem Verdacht zu erzählen, dass sie einen der Anwesenden jener Nacht gesehen habe könnte. Aber sie verwarf die Idee jedes Mal. Ihre Mutter würde sich nur noch mehr Sorgen machen, und sie konnte nicht mit Sicherheit sagen, dass ihre Panikattacke und die Flashbacks wirklich von ihrer tatsächlichen verdrängten Erinnerung ausgelöst worden waren.

Sie hatte im Moment nicht allzu viel Kontakt zu Sten, sie schrieben sich ab und an. Er war zu Hause in Berlin bei seinen Eltern. Amina war ehrlich gesagt froh gewesen, ein bisschen Abstand zu haben. Die Tatsache machte sie zwar traurig, aber es war einfach so. Wenn sie mit Sten zusammen war, ließen Dramen nicht lange auf sich warten, und deshalb brauchte sie einfach immer wieder eine Auszeit und ein bisschen Abstand. Sie hoffte insgeheim, dass sich all die Aufregungen und die ständigen Streitereien mit der Zeit legen würden, dass, je länger und besser sie sich kennen würden, mehr Ruhe zwischen ihnen einkehren und sich alles normalisieren würde.

Am Morgen des letzten Tages im Jahr stand für Amina die Rückfahrt an. Sie war bisher unschlüssig gewesen, ob sie Silvester hier mit ihrer Familie verbringen oder in Dresden feiern sollte. Da Franzi jedoch betont hatte, Amina müsse unbedingt an Silvester mit ihr in Dresden um die Häuser ziehen und sie sowieso nun schleunigst wieder in die Bibliothek sollte, um sich auf die Prüfungen vorzubereiten, hatte sie spontan beschlossen, früher nach Dresden aufzubrechen. Ihre Mutter hatte ihr versichert, dass es völlig in Ordnung sei, da Rian ja sowieso früh schlafen würde und sie selbst auch.

Im Zug war es Amina abwechselnd zu kalt und zu warm. Irgendwie war sie schlecht gelaunt. Sie hatte nicht wirklich Lust auf eine riesige Silvesterparty und außerdem ließ sie das Gefühl nicht los, dass sie unverrichteter Dinge ihren Heimatort verlassen hatte. Sie hätte gerne nachgeforscht, wer der Typ im Supermarkt gewesen war. Aber wie hätte sie ihn ausfindig machen sollen? Sie hatte ihn vor ihrem Zusammenbruch lediglich ein paar Sekunden gesehen. Höchstwahrscheinlich würde sie ihn wiedererkennen, aber wie sollte sie ihn suchen?

Amina hatte immer gedacht, dass es besser war, wenn sie nicht darüber nachdachte, was in jener Nacht passiert sein könnte. Sie hatte es als Schutz vor vielleicht grässlichen Wahrheiten gesehen. Mittlerweile fühlte sie sich durch die Wissenslücke jedoch eher hilflos, als wäre ihre Wahrnehmung getrübt, als könnte sie nur auf einem Auge sehen. Sie konnte nicht für immer vergessen oder ignorieren, was geschehen war. Schon alleine wegen Rian nicht, er würde sie immer an diese Nacht erinnern. Und vielleicht war es doch wichtig, zu wissen wer Rians Vater war. Vielleicht würde Rian irgendwann danach fragen und sich nicht mit vagen

Aussagen abspeisen lassen. Vielleicht war sie es ihm schuldig herauszufinden, wer sein Vater war.

Trotz ihrer wachsenden Neugier und dem unruhigen Gefühl, endlich Bescheid wissen zu wollen, hatte Amina natürlich auch Angst davor. Wer weiß, was passiert war, wer weiß, was für ein Typ Rians Vater war. Vielleicht würde sie die ganze Geschichte nicht verkraften, vielleicht würde es sie zerstören.

So viele Fragen plagten sie wieder einmal.

Nach ein paar Stunden Fahrt, piepte sie ihr Handy aus dem leichten Schlaf:

„Ich bin heute Abend in Dresden. Du auch?"

Sten war also ebenfalls auf dem Weg zurück nach Dresden. Auch er hatte sich wohl spontan entschieden. Amina freute sich auf die Aussicht, ihn bald wiederzusehen. Nach einer kleinen Auszeit kam die Wiedersehensfreude immer doppelt so stark wieder und nahm sie von einer Sekunde auf die nächste völlig ein. Solange das so war, sagte sie sich, war es die Sache wert.

Der Himmel wurde nebliger, sah schwerer und dunkler aus, je mehr sie sich Sachsen näherte. Irgendwann verschwamm die vorbeiziehende Landschaft in eine graue Suppe, die ihre einzelnen Bestandteile kaum erkennen ließ.

Amina stieg in Leipzig um, hatte aber knapp eine Stunde Wartezeit, bis der nächste Zug sie nach Dresden fuhr. Der Leipziger Bahnhof war größer und besser ausgestattet als der Dresdner, man konnte auf eine ausgedehnte Shoppingtour gehen, ohne den Bahnhof verlassen zu müssen.

Amina zog sich in ein Café zurück und versuchte, sich mit einer großen Tasse Tee warm zu halten. Sie war froh, wenn die lange Anreise vorbei war und sie ihren Koffer wieder in ihrem kleinen Wohnheimzimmer auspacken konnte. Ihre Mutter hatte ihr ein dickes Buch und Bargeld zu Weihnachten geschenkt. Amina wünschte sich meistens Bücher, da sie gerne las, jedoch zu geizig war, um 20 bis 30 Euro für einen Wälzer auszugeben.

Rian hatte ihr ein Bild gemalt. Zwei Krakel waren auf dem Blatt Papier zu sehen, es sollten Rian und sie sein.

Amina würde es gut sichtbar in ihrem Zimmer platzieren.

Am Abend machte sich Amina auf den Weg in Franzis WG. Ihre Mitbewohner, samt Nicolai, waren nicht da und so hatte Franzi ein paar Leute aus dem Studium zu sich eingeladen. Amina war froh, dass ein gemütliches Beisammensein anstand. Sie wusste zwar nicht, woher Franzis Sinneswandel rührte, aber es war ihr recht.

Amina traf als erste ein und wurde von einer strahlenden Franzi in silbernem Glitzerkleid und schwarzer Strumpfhose empfangen. Sie war extra früher gekommen, damit sie noch ein bisschen Zeit alleine mit Franzi hatte. Die beiden machten es sich mit einem Glas Wein im WG-Wohnzimmer auf einer zerfledderten Coach gemütlich und erzählten von ihren Feiertagen. In der WG waren alle Möbel bunt zusammengewürfelt und es sah immer etwas chaotisch aus. Die Wohnung hatte dadurch jedoch ihren ganz eigenen Charme und Amina fühlte sich immer wohl hier. Franzi wollte wissen, was Sten machte und ob er nicht auch später vorbeikommen wollte. Amina hatte sich tatsächlich nicht getraut nachzuhaken, mit wem genau Sten unterwegs war. Sie fürchtete, dass ihr die Antwort nicht gefallen würde. Dennoch tippte sie nun eine Nachricht in ihr Handy, die sich erkundigte, was Stens Pläne für den Abend waren und ob sie sich sehen würden. Kurze Zeit später antwortete er, dass er nach 0 Uhr vorbeikommen würde. Amina lächelte ihr Handy an.

Nachdem sich beide jeweils auf den neusten Stand gebracht hatten, half Amina Franzi Häppchen und Getränke aufzutischen. Ein Tisch stand neben der Balkontür im Wohnzimmer, von dem sich später jeder bedienen konnte. Franzi hatte sich Mühe gegeben, einiges an Fingerfood gekauft und vieles auch selbst gemacht. Wie sie das in kürzester Zeit geschafft hatte, war Amina ein Rätsel. Sie würde durchdrehen, wenn sie spontan für eine unbekannte Anzahl an Gästen vorbereitet sein müsste.

Gegen 22 Uhr trafen die ersten Leute ein, bekannte Gesichter aus der Uni, mit denen Amina sich gut verstand, meistens jedoch nur wenige Worte wechselte. Doch es machte ihr heute Spaß, sich mit verschiedenen Leuten zu unterhalten. Fast bedauerte sie es, dass Alex nicht auch hier war. Sie hatte sich mit Franzi über ihn unterhalten und sie gefragt, ob sie auch den Eindruck hatte, dass er sich ihr gegenüber seltsam und zurückhaltend verhielt. Franzi meinte jedoch, ihr wäre nichts aufgefallen. Wahrscheinlich war Alex wirklich einfach gestresst gewesen und Amina hatte sein verändertes Verhalten sofort auf sich selbst bezogen. Sie wusste es nicht genau.

Die Zeit bis Mitternacht verging wie im Flug. Leute kamen und Leute gingen, aber die WG war die ganze Zeit über gut gefüllt. Irgendwann kannte Amina kaum noch einen der Anwesenden, aber das störte sie nicht. Je später der Abend wurde, desto mehr stieg auch ihr Alkoholpegel und somit sank ihre Schüchternheit und sie unterhielt sich ganz locker mit jedem, der in der Nähe war. Amina war nie richtig betrunken. Nicht mehr seit jener Nacht. Davor hatte sie gerne ab und an zu tief ins Glas geschaut und es lustig gefunden, aber inzwischen war sie zu vorsichtig und ängstlich, um sich so gehen zu lassen. An Abenden wie diesem allerdings, wenn sie in vertrautem Umfeld war, schadete es nicht, sich ein bisschen locker zu trinken, fand sie.

Nachdem sich alle zum Jahreswechsel zugeprostet und umarmt hatten, ging Amina kurz auf den Balkon, um frische Luft zu schnappen. Sie zog ihr Handy hervor, das ihr eine neue Nachricht von Sten anzeigte.

Er fragte sie, ob sie mit ihm eine Runde spazieren gehen wollte. Sie bejahte, zog sich an und verließ die WG.

Sten wollte sie an der Carolabrücke treffen, die sich unweit der WG befand. Vor lauter Eile hatte Amina ganz vergessen, Franzi Bescheid zu sagen, dass sie kurz weg war. Egal, Franzi war aufgekratzt und versuchte, sich mit allen gleichzeitig zu unterhalten, es würde ihr gar nicht auffallen.

Draußen war es eisig kalt. Amina schlang die Arme um den Körper und ging schnellen Schrittes aus der Seitenstraße auf die Hauptstraße in Richtung Brücke. Die Straße war wie ausgestorben. Keine Autos, keine Menschen. Alle waren vermutlich entweder an der Elbe oder in der Neustadt unterwegs. Tatsächlich kamen ihr immer mehr Leute entgegen, je mehr sie sich der Elbe näherte.

Amina war in Gedanken versunken und ging starr geradeaus. Sie merkte gar nicht, wie Sten sich ihr näherte und erschrak kurz, als er von der Seite an sie herantrat und sie sanft am Arm festhielt.

„Wo kommst du denn so schnell her?", fragte Amina überrascht, während Sten sie in seinen Arm zog. Sie waren noch ungefähr hundert Meter von der Brücke entfernt.

Er hielt sie lange fest, seine Umarmung hatte etwas Schwermütiges.

„Schön, dich wiederzusehen", flüsterte er ihr zu. Sie bekam Gänsehaut.

Gemeinsam liefen sie in Richtung Brücke, gingen einen schmalen, matschigen Weg bergab durchs Dunkle und kamen schließlich am Fluss an. Auch wenn es nun schon fast ein Uhr war, tummelten sich hier immer noch etliche Menschen, tranken, sangen und feuerten Böller und Raketen ab. Überall lagen Feuerwerksverpackungen, verbrannte Überreste der Böller und Flaschen herum.

Eine Weile sagte keiner von beiden etwas und sie liefen einfach stumm nebeneinander her.

„Wie war's zu Hause?", fragte Sten dann.

„Schön. Ich konnte viel Zeit mit Rian verbringen und habe auch eine alte Freundin wiedergesehen. Naja, und hatte eine Panikattacke im Supermarkt." Die Worte waren schneller raus, als Amina sich überlegen konnte, ob sie das überhaupt hatte erzählen wollen.

Sten blieb stehen und sah sie ernst an.

„Wieso das denn? Was ist passiert?"

Amina reagierte eine Weile nicht auf seine Fragen und sah auf den Boden. Dann seufzte sie:

„Ich habe dir ja schon erzählt, dass ich nicht weiß, wer Rians Vater ist. Er ist in einer Nacht entstanden, an die ich kaum Erinnerungen habe. Ob es nur am Alkoholkonsum gelegen hat, weiß ich nicht genau, jedenfalls war ich auf einer Feier mit einigen Jungs zusammen unterwegs. Dann reißt meine Erinnerung ab, und ich komme erst am nächsten Morgen völlig fertig in meinem Bett zu Hause zu mir. Und erst Wochen später stelle ich fest, dass ich schwanger bin ...“

Nach diesen Worten musste Amina eine Pause machen und durchatmen. Stens Miene hatte sich versteinert, keinerlei Regung war seinem Gesicht anzusehen.

Er nahm Aminas Hand und sie gingen weiter. Es schien fast, als wollte er ihrem Blick ausweichen.

„Ich habe am Weihnachtstag im Supermarkt einen Typen gesehen, der ein paar Erinnerungen in mir hervorgerufen hat. Ich glaube, er war damals dort, ich glaube, er hat mit allem zu tun.“

„Bist du dir sicher?“, fragte Sten und klang fast schon bestürzt.

„Nein. Absolut nicht. Ich weiß nicht, ob er wirklich damit zu tun hat oder einfach irgendetwas an ihm diese Panik und die Flashbacks ausgelöst hat. Ich habe es auch meiner Mutter nicht erzählt, weil ich sie nicht unnötig beunruhigen wollte. Wenn ich mich nur wieder genau an alles erinnern könnte, wenn ich nur endlich wüsste, was passiert ist ...“

Sten blieb abrupt wieder stehen und umarmte Amina. Sie war sich nicht sicher, ob er sie trösten oder zum Schweigen bringen wollte. Irgendwie reagierte er immer seltsam auf dieses Thema.

Nachdem sie eine Weile durch die Dunkelheit an der Elbe entlang spaziert waren, schlug Sten vor, noch zu einer anderen Party zu gehen, auf die er eingeladen war. Amina hatte nichts dagegen. Sie wollte lieber bei Sten sein, als zu Franzis Party zurückzugehen, und Franzi würde es ihr nicht übelnehmen. Sie war in solchen Dingen unkompliziert.

Die beiden fuhren mit der Straßenbahn bis an den Rand der Neustadt und kamen durchgefroren bei Stens Kumpel an. Amina war mittlerweile schon ziemlich müde, wollte aber noch ein wenig durchhalten. Die Party war in vollem Gange, die Räume waren dunkel-verraucht, die Leute drängten sich in die Küche und auf den Balkon und die Musik dröhnte durch die Wohnung. Amina kannte hier keinen, es war wohl die Wohnung eines Kommilitonen von Sten. Sie ließ sich im Schlafzimmer, in dem nicht allzu viele Leute waren, in einem großen Sessel nieder und wartete darauf, dass Sten mit einem Getränk zurückkam. Sten nickte hin und wieder jemandem zu oder sprach für ein paar Minuten mit dem einen oder anderen.

Amina versuchte, sich ein bisschen wacher zu trinken. Sten stand gerade bei einer Gruppe Mädchen, die ihm an den Lippen hingen, und Amina hatte keine Lust, nach Hause zu gehen und ihn ihnen zu überlassen.

Nachdem sie eine Weile beobachtet hatte, wie Sten irgendeine Geschichte erzählte und die Mädels wie auf Knopfdruck an den richtigen Stellen lachten oder beeindruckt nickten, ging sie zu ihnen hinüber und schlang die Arme um Sten. Er umarmte sie und begann, sich wieder auf sie zu konzentrieren. Die drei Zuhörerinnen waren sichtlich unerfreut über diese Unterbrechung und wandten sich langsam ab.

Als Sten sich aufmachte, neue Getränke zu holen, quetschte sich Amina durch die Leute, die im Flur herumstanden, um einen Blick ins Wohnzimmer zu werfen. Sie war neugierig, wer sonst noch anwesend war.

Gerade in diesem Moment kamen zwei Personen vom Balkon in den Raum und stellten sich etwas abseits, um sich zu unterhalten. Den einen kannte sie nicht, die zweite Person fixierte sie jedoch sofort. Es war Samuel. Der „Anführer von Ante Noctem", wie sie ihn heimlich nannte. Mit seiner kleinen korpulenten Statur fiel er sofort auf.

Sie beobachtete, wie die zwei miteinander sprachen, und stellte sich vor, sie würden wieder eine neue, dämliche Aktion planen. Sie wusste zwar nicht, ob Samuels Gesprächspartner etwas mit Ante Noctem zu tun hatte, aber der Alkohol im Blut machte sie noch paranoider als sie schon war.

Sie wurde wütend. Wütend auf Samuel, wütend auf Ante Noctem. Alles wäre so perfekt, so einfach, wenn es diese Gruppe nicht gäbe, wenn sie mit ihrem Rassismus nicht Stens Hirn benebeln würden.

Sie dachte sich richtig in Rage. Wusste Sten, dass Samuel auch hier war? Waren sie nur hergekommen, damit er sich mit ihm über kriminelle Migranten austauschen konnte?

Ehe sie darüber nachgedacht hatte, was sie da genau tat, stand sie vor Samuel und seinem Kumpel und starrte Samuel vorwurfsvoll an. Es dauerte eine Weile, bis die beiden sie wahrnahmen. Der

Unbekannte sah sie verwirrt an, Samuel sagte mit fester Stimme:

„Ist was?", und sah sie abschätzig an.

„Ja, ist es. Lasst Sten mit eurem Mist in Ruhe!", keifte Amina zurück.

Samuels Kumpel wollte offensichtlich mit einem aufkommenden Streit nichts zu tun haben, er verschwand so schnell, als würde er vor einem Gewitter davonlaufen.

„Was soll das überhaupt, was wollt ihr erreichen mit euren Demos und Flugzetteln?"

Samuel hatte sich nun Amina zugewandt, bereit sich auf die Diskussion einzulassen. Er schien ebenfalls nicht ganz nüchtern zu sein.

„Die Leute aufwecken, damit sie checken, was hier abgeht. Aber ich erwarte nicht, dass jemand wie du das versteht." Arrogant hielt er einen Moment inne, um seine Worte wirken zu lassen.

„Du hast dich doch selber hier eingenistet, oder? Woher kommst du? Syrien, Libyen?" Amina sagte nichts dazu, was Samuel auch nicht erwartete.

„Wir Deutschen haben uns eines der besten Länder der Welt aufgebaut. Eine starke Wirtschaft, ein gutes Sozialsystem. Nun glauben Menschen aus aller Welt, sie können, ohne was zu tun, etwas vom Kuchen abhaben, müssten nur hierherkommen und die Hand aufhalten. Und als wäre das nicht schon genug, werden sie zu Verbrechern und Vergewaltigern. So geht das nicht. Ich ...“

Samuel wollte noch weiter ausholen, als Sten zwischen die beiden trat und sie beunruhigt beäugte.

„Was ist hier los?", presste er knapp hervor.

„Deine kleine Freundin will sich in unsere Angelegenheiten einmischen", sagte Samuel nur kühl und ließ Sten und Amina alleine stehen.

Amina schien von innen zu glühen. All die haltlosen, verdrehten und ungerechten Behauptungen ließen sie innerlich kochen, und nun kam sie nicht mal dazu, Samuels Gerede etwas entgegenzusetzen.

Stens Gesichtsausdruck veränderte sich in Sekundenbruchteilen.

Amina konnte erkennen, wie aus der beunruhigten Miene eine eiskalte, versteinerte wurde. Er sah Amina wütend, fast schon feindselig an.

„Sten, er hat mich beleidigt, er hat ...", setzte Amina an, aber Sten drehte sich einfach um und verschwand in dieselbe Richtung wie Samuel.

Amina war zum Heulen zumute, sie fühlte sich völlig fehl am Platz.

Mit gesenktem Kopf ging sie so schnell wie möglich in Richtung Ausgang und verschwand von der Party. Es war so unfair. Sie hatte Samuel doch nur zur Rede stellen wollen und nun war Sten wütend auf sie. Dabei hatte Samuel sie wieder einmal von oben herab behandelt und verbal angegriffen. Wieso zählte das nicht?

11. Kapitel

Am nächsten Morgen wachte Amina gerädert und benommen auf. Sie hatte Kopfschmerzen und ihr war leicht übel. Wie ein Blitz schlug die Erinnerung an den Verlauf der letzten Nacht in ihr Gehirn ein. Sie hatte mehrmals versucht, Sten zu erreichen, nachdem er sie stehen lassen hatte. Aber er war einfach nicht ans Handy gegangen.

Sie hatte sich hilflos und missverstanden gefühlt. Wieso ließ er nicht mit sich reden? Schließlich hatte sie aufgegeben und war zu Hause sofort schlafen gegangen. Nun war es fast 12 Uhr, und der Blick auf ihr Handy verriet, dass Sten immer noch sauer auf sie war. Er hatte nicht auf ihre Anrufe reagiert.

Ein Chaos an Gefühlen tat sich in Amina auf. Verzweiflung, Wut, Traurigkeit. Wie konnte es sein, dass alles in ihrem Leben immer so kompliziert war?

Gegen Abend hatte sie sich etwas beruhigt. Sten wollte beleidigt sein, also sollte er. Er würde sich schon irgendwann wieder melden. Auch körperlich ging es ihr wieder besser. Sie hatte noch etwas geschlafen und sich ausgeruht und nun war sie insgesamt wieder positiver gestimmt. Sie hatte außerdem eine Stunde mit Franzi telefoniert, die ihr den Rest ihres Abends geschildert und gefragt hatte, was Amina noch gemacht hatte. Amina hatte ihr von dem Spaziergang und der anderen Party erzählt, den Streit mit Sten jedoch weggelassen.

Nun rief sie noch ihre Mutter an, um ihr und Rian ein frohes, neues Jahr zu wünschen. Rian brabbelte etwas ins Telefon, er schien gut gelaunt zu sein. Das hob Aminas Stimmung. Wenn es Rian gut ging, konnte es ihr selbst nicht schlecht gehen.

Manchmal fragte sie sich, ob es sich negativ auf Rians Entwicklung auswirkte, dass er nur von weiblichen Personen aufgezogen wurde. Ihre Mutter und sie waren sein hauptsächlicher Einfluss und würden es auch lange Zeit bleiben. Es gab keine männliche Hauptperson in seinem Leben. Gleichzeitig dachte sie, dass es ihr nicht geschadet hatte, ohne Vater aufzuwachsen. Ihr Vater hatte ihre Mutter noch vor Aminas Geburt verlassen und war irgendwo untergetaucht. Aminas Mutter vermutete, dass er sich wieder in Algerien, wo er herkam, niedergelassen hatte. Er hatte zwar schon einige Jahre in Deutschland gelebt, bevor er Aminas Mutter kennengelernt hatte, jedoch hatte er sich nie richtig zu Hause gefühlt und sich an das Leben in Deutschland nicht gewöhnen können. Vielleicht war die Aussicht auf Verantwortung für ein Kind der entscheidende Impuls gewesen, alles stehen und liegen zu lassen und abzuhauen. Amina wusste es nicht, sie wusste ziemlich wenig über ihren Vater. Es interessierte sie auch nicht. Sie wollte ihr Leben mit diesem Aspekt nicht verkomplizieren und fühlte sich mit der Ungewissheit sicher. Er war nie da gewesen, also brauchte sie ihn jetzt auch nicht. Vielleicht würde sie irgendwann anders darüber denken, aber im Moment war es einfach nicht wichtig, was aus ihm geworden war oder was seine Beweggründe gewesen waren, sie und ihre Mutter im Stich zu lassen.

Wenn sie darüber nachdachte, empfand sie es fast schon als Hohn, dass Rian Ähnliches erleben musste. Natürlich war die Situation anders, aber das Ergebnis war ähnlich.

Immer wieder schielte Amina auf ihr Handy, um zu sehen, ob Sten nicht doch von sich hören ließ. Nichts, kein Anruf, keine Nachricht. Er wusste genau, dass sie darauf wartete.

Als es 22 Uhr war, beschloss Amina, dass sie das Ganze so nicht auf sich sitzen lassen würde. Was er konnte, konnte sie schon lange. Also zog sie sich an, machte sich zurecht und verließ ihre warme, gemütliche kleine Wohnung.

Die Straßen waren unbelebt und es war klirrend kalt. Die meisten würden am ersten Tag des neuen Jahres wohl im Bett liegen und nichts tun. Teilweise war es glatt und Amina musste sich vorsichtig fortbewegen. Immer wieder rutschte sie beim Auftreten ein wenig weg.

Die Straßenbahn war ebenso leer, jedoch extrem stickig und Amina begann, unter ihrem dicken Wollschal zu schwitzen. Als sie an der Haltestelle vor Stens WG ausstieg, hatte sie ein ungutes Gefühl. Sie überfiel andere nicht gerne mit ihrer Präsenz. Sie hatte Angst davor, ihnen vom Gesicht ablesen zu können, dass sie sie gerade nicht hier haben wollten.

Langsam ging sie zur Wohnungstür und klingelte. Es dauerte eine Weile, bis ihr ohne Nachfrage geöffnet wurde. Auch oben stand die Tür einfach offen. Vielleicht erwartete einer der Bewohner jemanden. Bei dem Gedanken fühlte sie sich noch unwohler und deplatzierter.

Sie trat vorsichtig in den Flur der Wohnung, der dunkel war, und ging auf Stens Zimmer zu. Sie klopfte und wartete ab. Vielleicht war er gar nicht

zu Hause? Auf die Idee war sie noch gar nicht gekommen. Doch dann drang auch schon ein kurzes
„ja" aus dem Inneren des Raumes. Amina öffnete
die Tür und blieb im Türrahmen stehen. Sten war
wieder einmal in eine Arbeit an seinem Schreibtisch vertieft und sah nicht sofort auf. Als er dann
jedoch den Kopf hob und Amina erblickte, war in
seinen Augen kurz Überraschung zu sehen. Gleich
daraufhin verfinsterte sich jedoch seine Miene.

„Komm rein", meinte er tonlos.

Amina trat ein und schloss die Tür hinter sich.
Sie setzte sich auf das Sofa und wartete ab. Sten
drehte sich auf seinem Stuhl in ihre Richtung und
seufzte.

„Wieso rufst du mich nicht zurück?", fragte
Amina.

Sten sah kurz zu Boden und biss sich auf die Unterlippe.

„Ich will nicht, dass du dich so in meine Angelegenheiten einmischst. Samuel ist einer meiner
besten Freunde. Du kannst ihm nicht einfach so
eine Szene machen."

Autsch. Amina war von Stens Direktheit überrumpelt. Sie hatte eher erwartet, dass er herum-
drucksen würde.

„Er war richtig fies zu mir! Ich wollte doch nur
mal mit ihm über Ante Noctem reden ..."

„Dazu hast du kein Recht", unterbrach Sten sie
eisern.

Amina schwieg. Er gab ihr keine Chance, sich
richtig zu erklären. Sten hatte sich seine Meinung
gebildet und ließ nicht mit sich reden. Seine Augen waren ausdruckslos, er wirkte, als wäre ihm

Amina völlig fremd, als könnte er keinerlei Mitgefühl für sie aufbringen.

„Und jetzt?", fragte Amina leise.

Sten stand auf und setzte sich neben sie.

„Mach so etwas nicht mehr, ok?", sagte er, immer noch ohne jegliche Wärme in seiner Stimme.

Amina nickte. Sie war vielleicht wirklich etwas zu weit gegangen, sie sollte lieber mit Sten sprechen, anstatt seine Freunde zur Rede zu stellen. Trotzdem fühlte sie sich ungerecht behandelt.

Amina fuhr kurz danach wieder nach Hause. Sie fühlte sich nicht mehr wohl in Stens Umgebung, sie hatten sich zwar vertragen und dann wieder normal miteinander gesprochen, aber sie hatte das Gefühl, dass er ihr nicht verzeihen konnte oder wollte. Dass sie aus seiner Sicht eine Grenze überschritten hatte, die unwiderruflich ihr Verhältnis zerstört hatte. Hoffentlich irrte sie sich.

Amina hielt sich die nächsten Tage, bis die Vorlesungen wieder begannen, in der Bibliothek auf. Sten war auffällig schweigsam. Er rief nicht an und schrieb ihr nur, wenn sie ihn zuerst anschrieb und sich nach ihm erkundigte. Ein ungutes Gefühl beschlich sie immer mehr, aber sie versuchte, sich davon nicht einnehmen zu lassen und nicht überzureagieren. Vielleicht war er auch nur beschäftigt, oder er brauchte seine Zeit, bis er wieder normal mit ihr umgehen konnte. Also beschloss sie, ihn für eine Weile in Ruhe zu lassen, das würde vermutlich das Beste sein.

Am letzten freien Sonntag vor den Vorlesungen war Amina mit Franzi für eine Ballettvorstellung in der Semperoper verabredet. Für Studenten gab es manchmal stark vergünstigte Tickets und Franzi hatte ihnen welche organisiert. Sie freute sich sehr darauf und war gespannt, wie die Oper von innen aussah. Sie war nun schon oft genug davor ausgestiegen und daran vorbeigegangen, in das unscheinbare Gebäude dahinter und hatte von dort aus den Klängen gelauscht.

Sie trug ein schlichtes, schwarzes Kleid, das bis knapp übers Knie ging, eine schwarze Strumpfhose und ihren dicken Wintermantel darüber. Hoffentlich würde sie auf dem Weg zur Oper nicht erfrieren.

Dort angekommen, erhielt sie eine Nachricht von Franzi, dass diese sich verspäten würde. Amina hatte schon damit gerechnet und sich deshalb extra früh mit Franzi verabredet. So wären sie trotzdem in jedem Fall pünktlich.

Amina blieb an der Haltestelle stehen, beschloss dann aber wegen der Kälte, doch lieber im Gebäude auf Franzi zu warten und überquerte den Platz.

Als sie schon fast an der Semperoper war, fiel ihr eine Gestalt auf, die den kleinen Weg von Semper 2 Richtung Haltestelle ging, beziehungsweise leicht humpelte.

Da es schon dunkel war, erkannte sie ihn nicht gleich. Als er dann jedoch unter dem Schein einer Straßenlaterne hindurchging, begriff sie, wen sie da sah. Es war Sten. Zerzaust, humpelnd, mit aufgeschlagener Lippe und wildem Blick.

„Sten!", schrie sie unwillkürlich und eilte auf ihn zu. Als er sie sah, schien sich seine Miene noch weiter zu verfinstern. Mit ihr hatte er nicht gerechnet.

„Sten, was ist passiert?", fragte sie panisch.

Unwirsch blieb er stehen, wich jedoch ihrem Blick aus.

„Nichts, eine Meinungsverschiedenheit. Wollte Max aushelfen, der hat sich mit jemandem angelegt."

Er war knapp angebunden und wollte das Gespräch schnell hinter sich bringen.

„Eine Meinungsverschiedenheit? Und deshalb schlägst du dich mit jemandem? Um was ging es?"

„Amina, ich würde jetzt wirklich gerne nach Hause gehen und mich ausruhen, wir reden ein anderes Mal", presste Sten hervor, den Blick auf die Straßenbahnhaltestelle gerichtet.

Amina war völlig durcheinander.

„Bist du denn in Ordnung? Ich kann mitkommen, falls du mich brauchst."

„Nein, ist gut. Ich fahr nach Hause und lege mich hin. Bis dann."

Noch bevor Amina irgendetwas erwidern konnte, war Sten auch schon verschwunden. Verdutzt blieb Amina stehen und sah ihm nach.

Das war wieder der unberechenbare Sten gewesen, der kein Wort mit ihr wechseln wollte. Er war offensichtlich froh gewesen, dem Gespräch schnell wieder entkommen zu sein.

Was war vorgefallen? Seit wann prügelte Sten sich, mit wem und weshalb? Wieso konnte er ihr nie Rede und Antwort stehen?

Als Franzi schließlich ankam und sie zusammen die Semperoper betraten, war Amina immer noch aufgewühlt und konnte sich kaum auf ein Gespräch mit Franzi konzentrieren. Immer wieder schweiften ihre Gedanken zu Sten, wie er ausgesehen hatte, mit seiner aufgeplatzten Lippe und wie unangenehm es ihm gewesen war, sie zu sehen.

Er hatte gesagt, Max hätte sich mit jemandem angelegt. Sie kannte keinen Max. War er Mitglied von Ante Noctem oder ein anderer Kumpel? Wieso ging Sten so weit, sich für einen anderen zu prügeln? Die vielen Fragen machten sie wahnsinnig.

Gedankenverloren ging sie die Treppen mit dem roten Teppich hinauf in den 2. Rang, wo sie und Franzi ihre Sitzplätze hatten.

Der Opernsaal war wirklich schön, ein riesiger Kronleuchter hing über der Mitte des Saals und überall gab es filigrane Verzierungen und prunkvolle Details. Aber Amina hatte an diesem Abend kein Auge dafür. Unruhig nahm sie Platz.

Das Stück hieß *Coppélia*. Ein alter Mann, Dr. Coppélius, hielt sich eine lebensgroße Puppe, die er mit seinen Zauberkräften zum Leben erwecken wollte. Ein junger Mann sah diese auf dem Balkon sitzen, hielt sie für echt und wollte sich ihr nähern. Seine Verlobte bemerkte die Puppe und das Interesse ihres Verlobten an dieser und war ebenfalls neugierig. Der junge Mann musste am Ende feststellen, dass er sich von einer Puppe hatte blenden lassen, versöhnte sich mit seiner Verlobten und heiratete sie.

Die Primaballerina war klein und zart. Sie hatte dunkle Haare und war vermutlich asiatischer Abstammung. Grazil bog sie ihren dünnen Köper, sprang und drehte sich über die Bühne. Amina beneidete so viel Körperbeherrschung. Sie beneidete Menschen, die ihr Hobby, ihre größte Leidenschaft zum Beruf machten und sagen konnten, dass sie ihren Traum lebten. Was würde sie einmal werden?

Journalistin? PR-Beraterin? Das klang nicht schlecht, aber war es ihr Traum?

Amina war froh, als das Stück zu Ende war und sie ihre Plätze verließen, um an der Garderobe ihre Jacken zu holen. Franzi redete aufgeregt und fröhlich auf sie ein und Amina versuchte, angemessen darauf zu reagieren, was sie aber enorm anstrengte. Sie wollte einfach nur alleine sein und nachdenken.

Als sie in der Straßenbahn saß, kramte sie ihr Handy hervor, das stumm geschalten gewesen war. Natürlich hatte Sten sich in der Zwischenzeit nicht gemeldet.

Sie dachte an die Treffen in dem kleinen Raum bei den Umkleidekabinen zurück, an die Zeit, in der Sten sie gerne um sich gehabt hatte und er nicht von ihrem bloßen Anblick genervt gewesen war. Was war seither eigentlich geschehen?

Die nächsten Tage hielt sie sich mit der Kontaktaufnahme bei Sten zurück und versuchte, sich auf sich selbst zu konzentrieren. Die erste Klausur fand in einer Woche statt. Kommunikationsforschung war zwar größtenteils verständlich, jedoch sehr viel an Stoff, der auswendig gelernt werden musste. Amina saß stundenlang in der Bibliothek vor ihrem Laptop und las die Vorlesungsfolien immer und immer wieder durch, in der Hoffnung, sich möglichst viel merken zu können.

Franzi war im Moment seltener in der Bibliothek. Amina hatte die Vermutung, dass sie und Nicolai wieder zusammen waren, sie jedoch erstmal nichts davon erzählen wollte. Sie konnte das vollkommen verstehen, sie war selbst nicht gut darin, private Angelegenheiten Preis zu geben, selbst vor ihren besten Freunden.

Alex hingegen war dauerhaft anwesend. Völlig in seine Unterlagen versunken schien er sich stundenlang auf dieselbe Sache konzentrieren zu können. Sie hatten im Moment wieder ein gutes Verhältnis, was auch immer Alex Problem gewesen sein mochte, es war scheinbar aus der Welt geschafft.

Wieder einmal gingen sie in die Mensa, die direkt gegenüber der Bibliothek lag.

Alex gönnte sich nicht viele Pausen, aber das tägliche Essen in der Mensa ließ er sich nicht entgehen.

Während sie in der Schlange vor der Essensausgabe standen, griff Amina nach einer Studentenzeitung, die auf einem der Tische herumlag. Es gab einige kostenlose Zeitungen an der Uni, die manchmal ganz unterhaltsame Beiträge zu bieten hatten.

Sie blätterte durch die Kontaktanzeigen, in denen Studentinnen nach einer „Schulter zum Anlehnen" und Studenten nach „unverfänglichen Affären" suchten und blieb bei den News hängen. Die Waldschlösschenbrücke machte wieder Ärger. Außerdem standen bald Landtagswahlen an und die Uni veranstaltete einen Spendenlauf.

Ein Artikel stach ihr besonders ins Auge und sie las ihn aufmerksam:

Syrer wird von einer Gruppe junger Männer bedrängt und geschlagen

Letzten Sonntagabend ist ein 21-Jähriger Syrer in der Dresdner Altstadt von einer Gruppe deutscher junger Männer angepöbelt und geschlagen

worden. Das Opfer gibt außerdem an, dass die An-
greifer ihn mit rassistischen Kommentaren belei-
digt hätten und ihn zu einer Gegenreaktion provo-
zieren wollten. Er hatte erfolglos versucht, sich zu
wehren und der Situation zu entkommen, war al-
leine der Gruppe jedoch deutlich unterlegen gewe-
sen.

„Wie war's eigentlich in der Oper?", wollte Alex wissen, während er eine große Gabel Nudeln in seinen Mund beförderte.

„War schön", antwortete Amina knapp. Ihr fiel sofort der Vorfall mit Sten wieder ein und sie hatte ein mulmiges Gefühl im Magen. Dann ließ sie urplötzlich ihre Gabel fallen, sprang auf und ging eilig an den Tisch zurück, auf dem sie die Zeitung im Vorbeigehen hinterlassen hatte. Alex sah ihr verdattert nach. Sie schlug erneut die News-Seite auf und überflog den Artikel, den sie gelesen hatte, noch einmal.

Syrer, von Deutschen zusammengeschlagen, vermutlich rassistisches Motiv. Sonntagabend.

Amina hielt den Atem an. Am Sonntagabend war sie Sten begegnet, mit aufgeplatzter Lippe, humpelnd und irgendwie lädiert. Sie setzte sich auf einen Stuhl. Das konnte kein Zufall sein.

12. Kapitel

Es war mittlerweile 1:12 Uhr und Amina war hellwach. Immer, wenn sie versuchte, sich zu entspannen, ihre Gedanken abzuschalten und in den Schlaf abzutauchen, fuhr ihr ein unangenehmes Gefühl in den Körper, breitete sich langsam wie das Gift einer Schlange aus und elektrisierte sie.

Sie wusste nicht, was sie tun sollte. War Sten gewalttätig? Lief die Ante Noctem-Sache nun doch aus dem Ruder? So wie sie es befürchtet und wie er es bestritten hatte?

Amina stand auf der Augustusbrücke. Es war nebelig. Sie stand genau in der Mitte und konnte wegen des Nebels nicht erkennen, auf welcher Seite sich die Altstadt und auf welcher sich die Neustadt befand. Sie kniff die Augen zusammen, versuchte aus verschiedenen Winkeln auf beide Seiten zu spähen, aber es war sinnlos, sie konnte nicht ausmachen, wohin sie blickte. Sie wusste auch gar nicht genau, wo sie hinwollte und warum sie überhaupt hier stand. Schließlich entschloss sie sich, in eine Richtung weiterzugehen. Sie kam jedoch nicht richtig voran, sie versuchte zwar, die Brücke zu überqueren, schien aber immer wieder am selben Punkt zu landen. Sie war verzweifelt. Wieso ging es nicht weiter?

Ohne Übergang war sie nun zu Hause in ihrer Heimatstadt. Sie ging mit Rian spazieren und musste ständig aufpassen, dass er ihr nicht davonlief. Sie war erschöpft und Rian schien immer wieder auf einmal zu verschwinden und hinter der nächsten Ecke wieder aufzutauchen. Plötzlich war es nicht mehr Rian, sondern Sten, der vor ihr weglief und wieder zurückkam. Er lachte, wollte sie ärgern, aber ihr war nicht nach Spaßen zumute. Sie wollte ihn zur Rede stellen, wollte wissen, was er da tat, was das Theater sollte.

Aber jedes Mal, wenn sie zu sprechen ansetzen wollte, hatte er sich schon wieder abgewandt und war mit etwas anderem beschäftigt. Amina schaffte es einfach nicht, seine Aufmerksamkeit zu erlangen.

Sie wurde immer nervöser und ungehaltener. Wieso wollte er nicht mit ihr reden? Wieso rannte er ständig weg?

Schließlich bildete sich wieder dieser Nebel vor ihren Augen, genau wie zuvor auf der Augustusbrücke in Dresden. Sie strengte sich an, Sten in ihrer Umgebung zu erkennen, aber alles um sie herum war in dicken, weißen Nebel gehüllt und machte eine klare Sicht unmöglich.

Amina wachte mit klopfendem Herzen und einem schalen Geschmack im Mund auf. Ihr war zum Heulen zumute. Der Traum zog sie auch im wachen Zustand noch herunter und bedrückte sie.

Noch durcheinander griff sie zu ihrem Handy und rief Sten an. Es klingelte eine Weile und Amina wollte schon fast auflegen, als Sten sich meldete:

„Hey", sagte Amina.

„Hey", antwortete er, ohne irgendetwas Weiteres zu sagen. Amina wusste nicht, wie sie reagieren sollte, er hatte sich die letzten Tage kaum gemeldet.

„Wie geht's?", fragte sie vorsichtig.

„Ganz gut, ziemlich viel zu tun im Moment", entgegnete er knapp. Es war offensichtlich, dass er keine Lust auf ein langes Gespräch hatte. Amina erwiderte noch ein paar Sätze und legte dann auf. Es war wirklich frustrierend, seit Silvester machte Sten einfach dicht und sie kam nicht mehr an ihn heran. Sein Anblick, als sie ihm vor der Oper begegnet war, beunruhigte sie jedoch noch mehr, als die Tatsache, dass er Abstand zu ihr hielt. Wer wusste, was alles vor sich ging, wer wusste, was Ante Noctem vorhatte.

Amina machte sich eine Tasse Tee und setzte sich dann an ihren Computer. Sie versuchte online nochmals den Artikel über den Vorfall von letztem Sonntag zu finden. Tatsächlich hatten einige lokale Zeitungen darüber berichtet, manche veröffentlichten sogar den Namen des Opfers, Sami K.

Amina hatte beschlossen, dass sie ihn ausfindig machen und mit ihm reden musste. Sie würde aus Sten nichts herausbekommen, aber sie musste einfach wissen, ob Ante Noctem wirklich gefährlich war.

Sie suchte über soziale Netzwerke nach Personen mit dem Namen Sami, die in Dresden wohnten, wurde jedoch nicht fündig.

Anstatt zur Uni zu gehen oder zu lernen, verbrachte sie den Vormittag damit, sich den Kopf darüber zu zerbrechen, wie sie Sami K. kontaktieren konnte, und vor allem, wie sie ihn dazu bringen würde, mit ihr über den Vorfall zu sprechen.

Schließlich nahm sie ihren ganzen Mut zusammen und rief bei einer der Zeitungen an, die einen Artikel dazu veröffentlicht hatten. Sie sagte, sie sei von einer Uni-Zeitung und hätte vor, einen Bericht zum Thema Rassismus in Dresden zu schreiben und würde im Zuge dessen gerne mit Sami K. sprechen, ob es denn möglich wäre, den Kontakt herzustellen. Sie wurde an die zuständige Redakteurin weitergeleitet, die jedoch selbst nicht mehr über Sami wusste und sie an eine der anderen Zeitungen verwies.

Nach zwei weiteren Telefonaten hatte ihr schließlich ein netter Journalist einer der lokalen Zeitungen versichert, ihre Kontaktdaten an Sami weiterzuleiten, so dass er sich bei ihr melden konnte, falls er an einem Gespräch interessiert wäre.

Amina hatte nun zwar das Gefühl, etwas getan zu haben, die bloße Aussicht darauf, dass Sami sich eventuell meldete, befriedigte sie aber nicht wirklich. Sie hatte aber keine andere Wahl als zu warten und zu hoffen.

In der letzten Vorlesungsstunde des Tages fand Aminas erste Klausur statt. Mittlerweile war sie etwas panisch, da sie den Tag über nicht mehr in ihre Mitschriften geschaut hatte. Sie nahm einige Seiten mit und machte sich auf den Weg zur Uni. Im Bus versuchte sie noch, sich einige Definitionen einzuprägen, was jedoch nicht mehr klappen wollte, sie wurde nur noch nervöser. Also packte sie die Unterlagen weg und versuchte, sich zu beruhigen.

Franzi stand bereits vor dem Hörsaal, als Amina ankam, und sah ebenso unsicher aus wie sie selbst. Sie sprachen noch ein paar Dinge durch und setzten sich dann in den Raum.

Einige studentische Hilfskräfte riefen herrisch herum, man solle sich hinsetzen, ausreichend

Platz zwischen einander lassen und keine Dinge auf den Tisch legen. Dann wurden die Prüfungsfragen ausgeteilt und es kehrte absolute Stille ein.

Amina blendete alles aus und kaute nervös auf ihrer Unterlippe herum, während sie die Fragen überflog. Die Prüfung schien machbar zu sein. Sie war bereits 20 Minuten vor Prüfungsende fertig und wartete vor dem Saal auf Franzi. Es war insgesamt ganz gut gelaufen, sie hatte lediglich die letzte Frage nicht sicher beantworten können.

Draußen schaute sie sofort auf ihr Handy. Es zeigte jedoch keine neuen Nachrichten oder verpasste Anrufe an, weder von Sami, noch von Sten. Seufzend packte sie es wieder weg.

Kurz nach ihr kam Alex aus dem Hörsaal, sie hatte ihn davor noch gar nicht gesehen. Er schien nicht zufrieden mit seiner Leistung zu sein, Amina war sich jedoch sicher, dass er einer der Besten sein würde.

Franzi kam mit allen anderen zum offiziellen Ende der Prüfung heraus und war gut gelaunt. Mit einer kleinen Gruppe gingen Amina und sie in eine Studentenkneipe, die auf dem Campus lag. Alex verabschiedete sich vorzeitig.

Die Kneipe war spartanisch eingerichtet, schwere Stühle und dunkle Holztische standen in einem langen Raum. Auch die Bar war in dunklem Holz gehalten. Dahinter standen zwei gestresste Studenten, die mit dem Andrang nicht klarkamen.

Während Franzi sich mit der Gruppe gut zu unterhalten schien, langweilte sich Amina und schaute immer wieder auf ihr Handy. Dieses schwieg höhnisch.

Immer wieder flammte eine unglaubliche Wut in Amina auf, in diesen Momenten hasste sie Sten dafür, dass er sie ignorierte, dass er in dieser undurchsichtigen Gruppe Mitglied war und dass er nicht mit sich reden ließ. Dann wiederum hatte sie Mitleid, weil sie immer noch glaubte, dass Sten eher aus Gruppenzwang an all den Aktionen teilnahm und selbst nicht wirklich überzeugt war. Letzten Sonntag, als er so unwirsch und zerstreut ausgesehen und gesagt hatte, er hätte Max helfen müssen, da hatte sie wieder das Gefühl gehabt, dass er in die ganze Sache einfach hineingezogen worden war und nicht mehr herauskam. Andererseits wollte sie das vielleicht auch nur glauben. Es ließ ihn weniger schuldig wirken und so konnte sie rechtfertigen, dass sie sich immer noch mit ihm traf. Schließlich stand es ihm frei, sich aus Ante Noctem zurückzuziehen und dem Wahnsinn Einhalt zu gebieten.

„Wie lief die Klausur bei dir?"

Amina wurde aus ihren Gedanken gerissen und schüttelte den Kopf, um sich wieder in die Gegenwart zu befördern. Schräg gegenüber von ihr saß ein dunkelblonder Kommilitone, der sie anlächelte. Sie glaubte, ihn vom Sehen zu kennen, hatte aber noch nie mit ihm gesprochen.

„Ganz gut, und bei dir?", fragte sie zurück.

„Ja, auch." Er nahm sein Bier und zog seinen Stuhl um den Tisch herum, näher zu Amina hin.

„Leo", er hielt ihr die Hand hin.

Amina stellte sich ebenfalls vor und sie unterhielten sich eine Weile. Leo war lustig und hatte ein nettes Lächeln.

Als Franzi und Amina schließlich aufbrechen wollten, fragte Leo sie nach ihrer Handynummer. Amina zögerte kurz, gab sie ihm dann jedoch.

Als sie auf dem Nachhauseweg ihre Mutter und Rian anrufen wollte, fiel ihr auf, dass sie einen verpassten Anruf und eine SMS auf dem Handy hatte. Die SMS war von Leo, er hatte ihr geschrieben, damit ihr auch seine Nummer bekannt war und sie sich melden konnte. Der Anruf war von einer unbekannten Nummer. Mit klopfendem Herzen hörte sie die Mailbox ab.

„Hallo, hier spricht Sami", sagte eine leise, dünne Stimme.

„Ich soll dich anrufen? Weil ich angegriffen wurde und du darüber etwas schreiben willst? Du kannst mich unter dieser Nummer erreichen. Bis dann."

Mit voller Wucht traf Amina das schlechte Gewissen. Sami dachte womöglich, er konnte sich über sie Gehör verschaffen, er würde seine Sicht der Dinge darlegen können und ihm würde zu Gerechtigkeit verholfen werden. Dabei konnte Amina nichts für ihn tun. Außer eventuell die Täter zu identifizieren. Aber was, wenn es sich tatsächlich um Sten handelte? Sie hatte noch kein einziges Mal darüber nachgedacht, was sie tun sollte, wenn sie mit Sicherheit wusste, dass Ante Noctem in den Vorfall verwickelt war.

Bis zum nächsten Morgen reagierte sie nicht auf Samis Anruf, und Leo zurückzuschreiben, hatte sie auch keine Lust.

Dann rang sie sich schließlich durch, Sami eine kurze Nachricht mit dem Vorschlag eines Treffens zu senden. Sie wollte ihn nicht anrufen, sie brauchte noch Zeit, um sich vorzubereiten. Sami antwortete umgehend und bestätigte das Treffen für den Nachmittag.

Amina wurde schlecht, sie kam sich schäbig vor, ihn unter solchen Umständen an der Nase herumzuführen. Andererseits tat sie das nicht mit böser Absicht, versuchte sie sich einzureden. Sie musste einfach wissen, ob Sten zu den Tätern gehörte.

Amina hatte sich mit Sami in einem kleinen, unscheinbaren Café in der Innenstadt verabredet. Hier konnte sie ziemlich sicher sein, dass sie niemanden treffen würde, den sie kannte.

Sie traf bereits über 20 Minuten vorher ein, setzte sich an einen kleinen Tisch, der von den am Café vorbeigehenden Leuten nicht einsehbar war, und bestellte sich ein Wasser. Sie war nervös und konnte es kaum abwarten, das Gespräch hinter sich zu bringen.

Fünf Minuten vor der verabredeten Zeit trat ein mittelgroßer, schlaksiger Typ mit dunklem Teint und dunklen Augen in das Café ein und schaute sich suchend um. Das musste er sein.

Amina stand auf und winkte ihm zu, bis er sie schließlich entdeckte hatte. Schüchtern kam er auf sie zu und stellt sich vor. Sie suchte mit ihrem Blick nach offensichtlichen Blessuren, konnte aber keine entdecken.

Amina hatte demonstrativ ein Notizbuch und einen Stift auf dem Tisch platziert. Nachdem auch Sami ein Getränk bestellt hatte, setzte sie an:

„Also, wie du schon weißt, arbeite ich für Unikat, eine Campuszeitung der TU Dresden. Ich habe von deinem Vorfall gehört, und da ich gerade an einer Reportage über Rassismus in Dresden arbeite, dachte ich, wir könnten uns mal unterhalten, und du erzählst ein bisschen davon, wenn du willst."

Sami sah sie mit großen Augen an und nickte. Zu Aminas Erleichterung stellte er keinerlei Nachfragen.

„Kannst du vielleicht beschreiben, was an dem Abend genau passiert ist?" Amina nahm Notizbuch und Stift zur Hand.

Sami räusperte sich und begann, mit dünner Stimme zu erzählen:

„Ich war auf dem Weg nach Hause und bin durch den Herzogin-Garten gegangen. Es war schon dunkel, gegen 20 Uhr. Ich bin an zwei Jungs vorbeigekommen, die im Park getrunken und Musik gehört haben, ich wollte einfach vorbeigehen und habe sie gar nicht beachtet. Der eine hat mich zu sich gerufen, er klang zuerst ganz normal." Sami machte eine kurze Pause und nahm einen Schluck seiner Apfelsaftschorle.

„Ich bin kurz stehengeblieben und dann kam er zu mir her."

„Wie sah er aus?", unterbrach Amina ihn.

„Ich weiß nicht, ein bisschen größer als ich vielleicht, braune Haare."

Damit konnte Amina relativ wenig anfangen.

„Er fragte mich, was ich hier mache, warum ich in Deutschland sei, und fing an, mich zu beleidigen. Ich wollte weitergehen, aber er hielt mich am Arm fest, meinte, ich solle ihm gefälligst zuhören und ich würde nicht so einfach davonkommen."

Sami machte eine weitere Pause und schluckte schwer.

„Der zweite kam dazu, blieb aber im Hintergrund, ich habe ihn kaum gesehen im Dunkeln."

Aminas Hoffnung schwand. Sie hörte für einen Moment auf, Sami aufmerksam zuzuhören und versank in ihren eigenen Gedanken. Alles war scheinbar so schnell gegangen, dass Sami seine Angreifer nicht richtig beschreiben konnte. Aber was hatte sie auch erwartet?

„… und dann habe ich um mich geschlagen, um mich zu wehren."

„Hast du einen der beiden verletzt?" Ihre Stimme klang seltsam.

Sami sah für einen Moment irritiert aus.

„Ja, naja, ich habe so gut es geht versucht, von ihnen wegzukommen."

Amina machte sich zum Schein einige Notizen und dachte nach. Sie musste das Gespräch wieder auf die Identifikation der Täter lenken.

„Für mich ist besonders interessant, was das für Menschen sind, die andere wegen ihrer Herkunft angreifen und attackieren. Was denkst du, wie alt die beiden waren? Hast du irgendwelche Namen gehört oder sonst etwas, das sie irgendwie beschreibt?"

Sami überlegte für einen kurzen Moment, schüttelte dann jedoch leicht den Kopf.

„Ich denke, sie waren Anfang oder Mitte Zwanzig. Vielleicht auch etwas älter. Nicht über 30. Namen habe ich keine gehört."

Amina nickte. Das Gespräch würde ihr keine Erkenntnisse liefern. Sie fragte noch ein paar Dinge, um die Geschichte auszuschmücken, notierte dies und das und versicherte Sami, sich bei ihm zu melden, sobald die Reportage gedruckt wurde. Dann verabschiedete sie sich von ihm.

Gerade als sie am Tisch vorbei in Richtung Tür gehen wollte, murmelte Sami etwas, wobei nicht klar war, ob er mit Amina oder sich selbst sprach.

„Sorry, was hast du gesagt?", fragte Amina irritiert.

Dann sah er auf, als hätte er einen Geistesblitz gehabt und sagte:

„Der eine, der zweite. Er hatte leuchtend helle, blaue Augen. Das weiß ich noch genau."

13. Kapitel

Wie unter Schock ging Amina zur Straßenbahnhaltestelle. Nun gab es keinen Zweifel mehr, der zweite Angreifer musste Sten gewesen sein. Was sollte sie jetzt tun? Sie müsste eigentlich ehrlich zu Sami sein und ihm erzählen, dass sie die Typen höchstwahrscheinlich kannte. Oder zur Polizei gehen und dort gestehen, was sie wusste. Aber andererseits konnte sie auch nicht mit hundertprozentiger Sicherheit bestätigen, dass sie die Täter kannte, sie war schließlich nicht dabei gewesen und hatte Sten auch nicht direkt vom Tatort weggehen sehen. Die Uhrzeit und der Ort hatten jedoch gestimmt. Und dann dieser Satz von Sami, über die blauen Augen. Hellblaue Augen. Eisblaue Augen?

Amina hatte eigentlich keinen Zweifel daran, dass er Sten beschrieben hatte, selbst wenn sie versuchte, sich das auszureden.

Zu Hause angekommen versuchte sie wieder einmal, Sten zu erreichen, vergeblich. Ernüchterung schien sie zu überschwemmen und alle ihre Sinne zu umspülen. Hatte sie Sten bereits verloren? Wegen dieser einen Sache an Silvester? Seitdem war er wie ausgewechselt, wollte sie nicht sehen und wollte nichts mehr von ihr hören. Ihre Detektivspielchen lenkten sie von dieser Tatsache ab, aber vielleicht war es besser, sie ließ einfach los und zog sich ebenso zurück. War Sten es überhaupt wert, dass sie sich um ihn bemühte?

Montagmorgen. Amina war bereits seit 7 Uhr wach und ging nochmal alle ihre Unterlagen für die Statistik-Klausur durch. Die Prüfung fand um

9:20 Uhr statt und dieses Mal wollte sie das Gefühl haben, besser vorbereitet zu sein. Die letzten Tage hatte es geschneit und eine sanfte, weiße Decke lag auf allen Dächern und Wegen, als Amina aus dem Haus ging. Sie konnte es kaum erwarten, dass es Frühling wurde.

Die Klausur war eine Katastrophe und auch die Tatsache, dass alle anderen dies ebenso empfunden hatte, munterte Amina kein bisschen auf. Sie hatte sich durch Multiple-Choice-Fragen und Rechenaufgaben geraten und war sich nicht sicher, ob auch nur eine einzige ihrer Angaben stimmte.

Schnell verließ sie die Uni und ging wieder nach Hause. Sie hatte keine Lust, mit ihren Kommilitonen über die Klausur zu reden und womöglich noch von Alex zu erfahren, was die richtigen Lösungen gewesen wären. Sie hätte mehr mit ihm zusammen lernen sollen, er hatte in Statistik alles verstanden. Aber was half es schon, sich jetzt Vorwürfe zu machen.

Als sie gerade mit ihrer Mutter telefoniert hatte, piepte ihr Handy in ihrer Hand. Eine Nachricht von Leo.

„Hey, hast du Lust, morgen in die Mensa zu gehen? LG, Leo."

Sie seufzte. Hatte sie Lust darauf? Wenig. Aber ein bisschen Ablenkung von Ante Noctem, Sten und den Klausuren konnte nicht schaden. Also antwortete sie ihm, dass sie Zeit und Lust hatte und ihn um 12 Uhr an der Bio-Mensa treffen würde.

Am nächsten Mittag stand Leo bereits wartend vor der Mensa, als Amina ankam. Sie hatte sich um einige Minuten verspätet und entschuldigte sich bei der Begrüßung dafür. Leo schien es nicht weiter zu stören.

Amina hatte bisher nur einmal in der Bio-Mensa gegessen. Das Essen war zwar gut, aber teuer und schnell ausverkauft. Außerdem war die Mensa ziemlich klein, und man musste sich zu den Stoßzeiten mit mehreren Leuten an die kleinen Tische quetschen.

Leo erzählte, dass er meistens selbst zu Hause kochte oder in diese Mensa essen ging. Er würde Wert legen auf seine Ernährung und nicht gerne Ungesundes essen.

Amina war schnell gelangweilt von der Unterhaltung. Leo war zwar nett und sagte hin und wieder etwas, worüber Amina lachen konnte, aber aus irgendeinem Grund interessierte es sie nicht, was er zu sagen hatte. Stattdessen war sie in Gedanken schon wieder bei Sami und Ante Noctem.

Nachdem sie sich eine Weile schweigend gegenübergesessen und ihre Bio-Burger gegessen hatten, fragte Amina unvermittelt:

„Kennst du Ante Noctem?"

„Was?", fragte Leo kauend zurück.

„Ante Noctem. Die haben am Campus mal Flugzettel verteilt ... " erklärte Amina betont beiläufig.

„Ah, ja, die Flugblätter habe ich gesehen. Ich denke, das waren irgendwelche Spinner, die sich wichtigmachen wollten. Anonyme Flugblätter verteilen kann ja jeder. Man hat ja auch nichts mehr davon gehört, oder?"

„Nein, ich glaube nicht", entgegnete Amina schnell.

Sie war froh, als das Essen vorbei war und sie sich von Leo verabschieden konnte. Er hatte sie zwar gefragt, ob sie noch mit ihm zu einem Vortrag kommen wollte, sie hatte sich aber mit einer Ausrede entschuldigt. Sie müsse leider los und hätte keine Zeit.

Tatsächlich hatte sie das Gefühl, dringend etwas tun zu müssen.

Also ging sie in die Bibliothek und setzte sich an einen Computer. Sie rief erneut Artikel zu Samis Angriff auf, um nachzusehen, ob es mittlerweile neue Erkenntnisse gab. Dem war scheinbar nicht so, jedenfalls konnte sie keine neuen Fakten zu den Tätern finden.

„Hey", rief es auf einmal neben ihr.

Amina erschrak und fuhr herum. Es war Alex. Ungeschickt versuchte sie, den Browser zu schließen, bevor er sehen konnte, was sie las. Das erregte erst recht seine Aufmerksamkeit und er beugte sich zu ihr herunter, um einen Blick auf den Computerbildschirm werfen zu können. Leise murmelnd überflog er den Artikel und sah Amina dann fragend an.

„Es ... es geht um Sten", platzte es aus Amina heraus. Alex Miene verfinsterte sich.

„Ich glaube, er hat sich da in etwas hineinmanövriert ... ich bin mir nicht sicher, also eigentlich weiß ich es nicht, aber ich vermute es stark ...", stammelte Amina.

„Worum geht es, Mina?"

Amina seufzte und begann, Alex von allen Vorkommnissen, der Demo und ihrem Verdacht, dass Sten mit Samis Angriff zu tun hatte, zu erzählen. Alex hörte aufmerksam zu und nickte. Amina fühlte sich leichter, nachdem alles gesagt war. Alles, was sie seit Wochen mit sich herumtrug.

„Ok, wir müssen zuallererst herausfinden, ob Ante Noctem wirklich diesen Syrer angegriffen hat und ob sie weitere Aktionen wie das Flugzettelverteilen und die Demo planen. Dann können wir entscheiden, ob wir zur Polizei gehen."

Das „wir" rührte Amina. Alex wollte ihr tatsächlich helfen, er war wirklich ein guter Freund.

Gemeinsam durchforsteten sie das Internet zu Artikeln über Samis Vorfall oder anderen Dingen, die sich mit Ante Noctem in Verbindung bringen lassen könnten. Ohne Erfolg, es war einfach nichts zu finden. Amina gab irgendwann auf und versuchte, sich auf die Vorbereitung der nächsten Klausur zu konzentrieren. Alex verschwand auf einmal und kam nach etwa einer Stunde wieder zurück.

„Ich war eben im Direktorat", verkündete er stolz, als er sich auf den Platz neben Amina niedergelassen hatte.

„Was, warum?", fragte Amina, die gerade in die Theorie wissenschaftlichen Arbeitens vertieft gewesen war.

„Um herauszufinden, ob irgendetwas über die Flugblattverteiler bekannt ist. Ich habe die Sekretärin gefragt, ob man der Sache nachgegangen ist und sie wüssten, wer dahintersteckt. Weiß man aber nicht. Die Unileitung hat wohl versucht herauszufinden, wer dafür verantwortlich ist, da aber sonst nichts weiter vorgefallen ist, hat man es dann dabei belassen."

„Hmm, ok", antwortete Amina nachdenklich.

Ante Noctem stand wohl wirklich unter keinerlei Beobachtung, niemand schien überhaupt von der tatsächlichen Existenz der Gruppe zu wissen. Niemand außer ihr.

Sie packten wenig später ihre Sachen zusammen und gingen nach Hause. Amina war frustriert. Zu Hause setzte sie sich in ihr Bett und ging noch ein wenig ihre Unterlagen zu Methoden der empirischen Sozialforschung durch, bis auf einmal ihr Handy klingelte.

„Mina, ich bin's!", rief Alex aufgeregt in ihr Handy.

„Äh, was gibt's?", fragte Amina irritiert. Alex hatte sie eine Ewigkeit nicht mehr angerufen.

„Ich observiere Sten, ich glaube, er trifft sich gleich mit den restlichen Ante Noctem-Mitgliedern!"

„Du tust was?! Alex, das ist wirklich ein bisschen übertrieben!", sagte Amina, rief sich jedoch gleich darauf ins Gedächtnis, dass sie dasselbe bereits einige Male getan hatte.

„Ok, aber sei bitte vorsichtig, dass dich keiner sieht! Und ruf mich an, wenn du etwas Verdächtiges beobachtest", schob sie hinterher.

Sie beendeten das Gespräch. Wenn Alex etwas tat, dann mit vollem Einsatz. Amina hoffte allerdings wirklich, dass Sten ihn nicht erwischte, schließlich kannte er ihn. Sie fragte sich, wie er auf Sten gestoßen war und weshalb er wusste, wo sich dieser aufhielt.

Amina wartete nervös und schielte immer wieder auf ihr Handy. Nach einer knappen halben Stunde rief sie Alex wieder an.

„Und?", fragte sie, sobald er abgenommen hatte.

„Er hat sich einen Döner geholt. Ich glaube, heute passiert doch nichts mehr", sagte Alex matt.

Am nächsten Tag trafen sie sich wieder in der Bibliothek.

„Mina", sagte Alex in ernstem Tonfall.

„Wann hast du Sten das letzte Mal getroffen?"

„Schon eine Weile her", gab Amina zu.

„Wir finden so nichts heraus. Du musst ihn aus nächster Nähe beobachten und befragen", stellte Alex fest.

Amina seufzte. Sten ging ihr immer noch aus dem Weg. Sie wusste nicht, ob er sie überhaupt jemals wiedersehen wollte.

„Ruf ihn an, jetzt!"

„Mensch, Alex. Er hat auch viele Klausuren im Moment, er ist beschäftigt ... ", wollte Amina sich herausreden.

„Ruf ihn an!"

Widerstand war zwecklos. Alex ging in seiner neuen Ermittlerrolle voll auf.

Unsicher nahm Amina ihr Handy zur Hand und rief Sten an. Dieser ging erstaunlich schnell ran.

„Hey!", sagte Amina vorsichtig.

„Hey, na, wie geht's? Alles gut? Ich wollte dich auch heute anrufen", entgegnete Sten fröhlich. Mit dieser Reaktion hatte Amina nicht gerechnet. Sie verabredeten sich für den nächsten Tag zum Essen. Auch Alex war mit dem Ergebnis zufrieden und redete auf Amina ein, was sie alles beachten sollte und welche Themen sie unbedingt ansprechen musste.

Amina hatte wenig Lust darauf, ihr Treffen mit Sten zu einem Verhör umzufunktionieren. Ihr war jedoch auch klar, dass ihr nichts anderes übrigblieb. Sie konnte die Vorfälle nicht einfach auf sich beruhen lassen, nicht nach der Sache mit Sami. Das hatte alles verändert, es war ein Mensch zu Schaden gekommen und Amina sah untätig zu. Sie musste eingreifen, bevor Schlimmeres geschah.

Am nächsten Abend saß sie pünktlich um 20 Uhr in einem indischen Restaurant in der Neustadt und wartete auf Sten. Sie war aufgeregt und fühlte sich unwohl. Freude über das baldige Wiedersehen wollte sich bisher nicht bei ihr einstellen.

Sten kam kurz nach ihr herein. Seine eisblauen Augen suchten den Raum ab und ein Lächeln huschte über sein Gesicht, nachdem er Amina entdeckt hatte.

„Schön, dich zu sehen", sagte Sten, während er sie umarmte und ihr einen Kuss auf die Wange gab. Amina zitterte. Seine Wirkung auf sie hatte noch immer nicht nachgelassen.

Sie setzten sich und blätterten durch die Menükarte.

Sten erzählte von seinen Prüfungen und dem Stress, der in letzter Zeit damit verbunden gewesen war. Auch Amina berichtete von ihren Klausuren und das Gespräch plätscherte eine Weile so vor sich hin.

Irgendwann wurde Amina unruhig. Alex' Worte schwirrten durch ihren Kopf. Sie musste etwas herausfinden, es zumindest versuchen. Es war ihr wirklich unangenehm, hier und jetzt ein ernstes

Thema anzuschneiden, aber sie wollte nicht mit leeren Händen zurückkommen.

Sie räusperte sich, nachdem die Bedienung Stens und ihre Bestellung aufgenommen hatte. Sten saß ihr locker gegenüber, fuhr sich immer mal wieder durch sein blondes Haar, lächelte sein schönes Lächeln, war charmant und entzückend. Aber Amina wusste, wie schnell das umschwenken konnte, wie schnell er seine andere Seite zeigen konnte.

„Und wie geht es dir sonst so? Du warst ziemlich … abweisend die letzten Wochen. War das nur wegen der Prüfungen?"

Ihre Stimme klang künstlich und die Fragen schienen furchtbar unpassend. Sie hatte ihm nicht in die Augen schauen können, als sie ihr Worte ausgesprochen hatte. Fast befürchtete sie, Sten würde misstrauisch werden und nachhaken, weshalb sie so seltsam war.

Doch das tat er nicht. Er setzte eine ernste Miene auf, griff über den Tisch und nahm Aminas Hand.

„Ich brauchte ein bisschen Zeit, Amina. Mich hat es wirklich verärgert, dass du dich so in meine Angelegenheiten eingemischt hast. Ich verstehe, dass du dir Sorgen gemacht hast, aber das musst du nicht. Ich dachte, ein bisschen Abstand tut uns gut, damit wir wieder klarer sehen. Du hast dich ja auch entschuldigt, als du bei mir warst, und eingesehen, dass es nicht richtig war, Samuel so anzugehen. Am besten, wir halten die Dinge einfach getrennt. Du und ich, das hat nichts mit Samuel und … meinen anderen Freunden zu tun."

Amina verschlug es die Sprache. Sie konnte nicht anders als schief zu lächeln und zu nicken, was Sten zufrieden als Zustimmung deutete.

War das sein Ernst? Sie war die Böse, die hatte bestraft werden müssen und nun genug Reue gezeigt hatte, so dass man ihr verzeihen konnte? Er wollte ihr einfach einen Maulkorb verpassen, damit sie nie wieder kritische Fragen stellen würde?

Fast war sie gewillt, laut aufzulachen oder Sten ihre Hand abrupt zu entreißen, aufzustehen und zu gehen. Aber sie tat nichts davon. Sie blieb sitzen, aß ihr Linsencurry und sprach mit Sten über alles, was nicht von Belang war.

Als sie schließlich bezahlt hatten und sich auf den Weg zur Straßenbahnhaltestelle machen wollten, blieb Sten vor dem Restaurant stehen und zog Amina in seine Arme. Eine Weile standen sie einfach so da, Amina fest an Sten gedrückt. Dann löste er sich leicht von ihr und fixierte sie mit seinen unehrlichen, unergründlichen Augen.

„Ich will wirklich, dass das mit uns besser funktioniert."

Amina schien von kleinen Eiszapfen durchbohrt zu werden. Warum sagte er das gerade jetzt? Jetzt, wo sie eine Entscheidung getroffen hatte? Das schlechte Gewissen holte mit voller Wucht aus und schlug sie nieder.

Sie schlenderten Hand in Hand zur Haltestelle. Sten schien gelöst und erleichtert zu sein. Er machte Witze, küsste Amina immer wieder, strich ihr durchs Haar und sah sie an. Sah sie immer wieder hoffnungsvoll an. Sten, der sie wochenlang gemieden hatte, der sie mal mochte, mal verachtete, dem sie mal völlig gleichgültig zu sein schien. Fast war Amina versucht, dem Frieden wieder einmal zu trauen.

Zum Abschied drückte er sie nochmals fest an sich, nahm ihr Gesicht in seine Hände und küsste sie lange.

„Es war schön heute. Ich hoffe, wir sehen uns diese Woche nochmal!"

Amina konnte sich wieder keine andere Reaktion abringen, als zu lächeln und zu nicken.

Als sie dann alleine in der Straßenbahn saß, rief sie Alex an. Dieser wartete bereits sehnsüchtig auf einen Lagebericht.

„Hast du etwas herausgefunden?", wollte er wissen.

Amina schaute sich kurz um, um sicherzugehen, dass ihr keiner zuhörte. Dann sagte sie leise:

„Nein, nicht viel. Aber ich glaube, er vertraut mir, er denkt, ich bereue, dass ich mich eingemischt habe und mich künftig raushalten werde. Ich habe ihn in dem Glauben gelassen."

14. Kapitel

Die nächsten zehn Tage war Amina von ihren übrigen Klausuren vereinnahmt und ihre Recherche über Ante Noctem trat in den Hintergrund. Auch Alex war für eine Pause gewesen, schließlich wollte er seine guten Noten nicht riskieren.

Amina hatte Sten seither auch nur noch einmal gesehen, sie hatte einfach keine Zeit gehabt. Ihr war es auch ganz recht gewesen, schließlich log sie ihn an, beziehungsweise verheimlichte sie ihm, dass sie ihn ausspionierte. Das hatte sie davor zwar auch schon getan, aber seitdem sie einen Komplizen hatte, fühlte es sich an, als würde sie wirklich gegen Sten ermitteln. Hin und wieder trug sie einen inneren Kampf aus. Auf der einen Seiten war die Zuneigung zu Sten und das schlechte Gewissen darüber, dass sie hinter seinem Rücken gegen ihn arbeitete. Auf der anderen Seite waren all die Vorkommnisse der letzten Monate, Stens Lügen und nicht zuletzt der Überfall auf Sami. Sie fühlte sich zu Nachforschungen und Heimlichtuerei berechtigt und auch wieder nicht. Es war zum Davonlaufen. Sie rief in letzter Zeit wieder vermehrt ihre Mutter und Rian an, flüchtete sich in die wenigen Minuten, in denen sie in eine andere, heilere Welt eintauchen konnte. Eine Welt, in der es um Spielzeugautos und Buntstifte ging und nicht um Rassismus und Gewalt. Wie gerne würde sie jetzt sofort nach Hause fahren, alles stehen und liegen lassen und sich voll und ganz auf ihren Sohn konzentrieren. Aber das ging nicht. Nicht bevor sie Klarheit darüber hatte, was mit Ante Noctem vor sich ging.

In den letzten Tagen hatte sowohl Leo als auch Sami versucht, sie zu erreichen, ihr Nachrichten geschickt und sie angerufen. Sie hatte beide ignoriert. Sie wollte sich weder mit dem einen noch mit dem anderen auseinandersetzen. Was sollte sie ihnen auch sagen? „Sami, es gibt keine Reportage, das war gelogen, und Leo, an dir habe ich kein Interesse, sorry." Amina hasste Konfrontationen wie die Pest. Sie wollte Menschen nicht enttäuschen, sie ertrug es einfach nicht.

Nach der letzten Klausur fühlte sich Amina erschöpft und ausgelaugt. Ihr war danach, sich drei Tage ins Bett zu legen, zu schlafen und sonst nichts zu tun. Alex hingegen schien weiterhin voller Enthusiasmus zu sein. Er dirigierte sie direkt nach der Prüfung in die Bibliothek, um ihr weiteres Vorgehen in Sachen Ante Noctem zu besprechen. Amina hätte das Thema am liebsten vergessen, sie wünschte, eine Amnesie, die nur das Wissen um diese Gruppe betraf, würde sie befallen.

Bei grünem Tee saßen sie in der Bibliotheks-Cafeteria. Amina hatte Kopfschmerzen und keine Lust, mit Alex zu reden. Dieser hatte einen Notizblock ausgepackt, auf dessen erste Seite Stichpunkte notiert waren.

„Also", begann er. „Ich habe mich ein bisschen umgehört und recherchiert in den letzten Tagen. Es gibt unter den Studentenverbindungen zwei, die politisch nach rechts neigen, die bleiben aber wohl unter sich, ich denke nicht, dass die mit Ante Noctem zu tun haben. Ich kann da aber nochmal nachhaken. Ich habe außerdem beim NPD-Kreisverband nachgefragt, die kennen Ante Noctem nicht. Ich glaube, zu weit rechts muss man auch nicht graben, und an offiziellen Stellen werden wir auch nicht weiterkommen, so richtig tief vernetzt scheinen die nicht zu sein, das wirkt auf mich eher wie eine spontane Vereinigung von ein paar Typen, die sonst nichts zu tun haben, keine richtigen Neonazis. Oder hast du Sten jemals mit Neonazi-Kleidung gesehen, irgendwelche Symbole? Ich glaube, so krass sind die nicht. Naja, wie auch immer, es gibt dann noch einen rechten Stammtisch nur für Studenten. Ich denke, da könnten wir Glück haben. Die treffen sich jeden Montag in einer Kneipe etwas auswärts. Moment, ich habe den Stadtteil irgendwo notiert ..."

Amina schaute Alex verblüfft an, während dieser seinen Notizblock durchblätterte. Er sollte wirklich Ermittler bei der Kriminalpolizei werden.

„Finde ich gerade nicht, da schau ich nochmal nach. Jedenfalls denke ich, wir sollten einfach mal zu so einem Stammtischtreffen gehen und uns das angucken. Vielleicht kennt dort jemand Ante Noctem oder wir erfahren sonst irgendetwas."

Amina war etwas erschlagen von der Flut an Informationen, die Alex gerade vor ihr ausgebreitet hatte. Sten in Nazikleidung? Definitiv nicht. Sie hatte nie auch nur ein einziges Logo an seiner Kleidung entdeckt und auch in seinem Zimmer war nichts in der Richtung zu sehen gewesen.

„Was sagst du dazu?", bohrte Alex nach.

„Naja, also zu dem Stammtisch kannst du ja mal gehen. Aber ich? Das wäre ein bisschen zu seltsam, oder?"

„Warum?", fragte Alex unverhohlen.

„Ich sehe doch selbst ausländisch aus, Alex. Ich kann doch nicht zu einem rechten Stammtisch gehen! Was denken die denn?!"

„Mina, was diese Idioten denken ist ja wohl völlig egal! Lass sie denken, was sie wollen. Nur weil du dunkle Haare und Augen hast, kannst du trotzdem eine rechte Einstellung haben!", stellte Alex aufmunternd fest. Amina musste lachen. Dieses Gespräch war wirklich skurril.

Amina ließ sich von Alex dazu überreden, im nächsten Monat zu diesem Stammtisch mitzugehen. Amina war beim Gedanken daran mulmig zumute. Mit ausländerfeindlichen Leuten fröhlich Bier zu trinken, war so ziemlich das Letzte, was sie tun wollte. Aber es ging nicht darum, was sie wollte und was nicht. Sie war wirklich froh und dankbar, dass Alex sich so bemühte. Ohne ihn würde sie immer noch auf der Stelle treten, einfach, weil ihre Entschlossenheit nicht ausreichte, weil ihre Befangenheit sie zurückhielt. Alex war objektiv, ihm lag nichts an Sten, er wollte einfach herausfinden, um was es bei Ante Noctem ging.

Montagabend. Amina traf Alex in der Straßenbahn auf dem Weg zur Kneipe, in der der Stammtisch stattfand.

Es hatte einen Kälteeinbruch gegeben. Schnee fiel keiner mehr, es war einfach nur noch kalt. Die Temperaturen bewegten sich immer wieder in den zweistelligen Minusbereich. Amina verfluchte das Wetter. Sobald sie das Haus verließ, brannte ihre Haut im Gesicht, ihre Finger und Füße froren, egal, wieviel sie anhatte. Sie war einfach kein Wintermensch. Die Vorstellung, einen zweiwöchigen

Winterurlaub mit Skifahren irgendwo in den Bergen zu verbringen, fand sie völlig absurd. Warum sollte man sich das antun?

Sie war nach dem Stammtischtreffen noch mit Franzi verabredet. Diese redete schon seit Tagen auf sie ein, sie müssten unbedingt die abgeschlossene Prüfungsphase gebührend feiern, Semesterabschlusspartys fanden gerade reichlich statt. Amina hatte schließlich eingewilligt. Es war zwar Montag, aber irgendeine Party stieg sogar an diesem Wochentag.

Als Alex und sie schließlich vor der Kneipe standen, schauten sie zunächst von außen hinein, sie waren noch früh dran. Alles wirkte relativ normal. Die Einrichtung war in Holz gehalten, schlicht und rustikal. An einer Seite stand eine lange Tafel, aus mehreren zusammengeschobenen Tischen. Das war vermutlich der Stammtisch. Bisher saßen da nur zwei Leute. Alex schob Amina schließlich hinein, grüßte den Kellner und steuerte auf die Personen, die sie beobachtet hatten, zu. Er fragte, ob das der Stammtisch sei, die Frage wurde bejaht. Amina schob sich zwischen Tisch und Stühlen zu einer Eckbank und versank in ihrem Sitz. Sie wäre am liebsten auf Zwergen-Größe geschrumpft. Zum Glück war Alex dabei, ihn schien das alles in keinster Weise einzuschüchtern.

In den nächsten zehn Minuten kamen noch einige Leute dazu und setzten sich mal näher, mal weiter entfernt von Alex und Amina. Alex wechselte mit einigen ein paar Worte, fragte sie, ob sie öfter herkamen, wie der Ablauf war und so weiter. Amina saß stumm neben ihm und versuchte, nicht aufzufallen. Eine kleine Lehramtsstudentin mit kurzen roten Haaren und einem tätowierten Arm schaute sie immer wieder an, musterte sie. Amina fühlte sich zunehmend unwohl, am liebsten wäre sie einfach gegangen und hätte Alex alleine zurückgelassen. Er würde die Situation ohne sie vermutlich sowieso besser meistern.

Um 19:15 Uhr waren die Stühle um den Tisch fast ausnahmslos besetzt. Als letzter kam ein mittelgroßer Ende-Zwanzigjähriger mit dunklen Augen und dichten, dunklen Augenbrauen herein, nickte ein paar Leuten zu, grüßte selbstbewusst. Einige standen sogar auf, um ihn locker zu umarmen.

Er nahm den letzten freigebliebenen Platz ein und erhob dann die Stimme: „Hallo an alle, ich hoffe es geht euch gut. Willkommen mal wieder zu unserem studentischen Stammtisch Heimatliebe. Ich sehe ein paar neue Gesichter heute." Bei seinem letzten Satz ließ er den Blick über die Anwesenden gleiten und eine Weile auf Amina ruhen. Diese wich seinem Blick sofort aus.

„Wir können uns hier über alles austauschen, Ideen diskutieren, Dinge planen und auf die Beine stellen, wie auch immer. Falls ihr Fragen zu anstehenden Veranstaltungen habt, fragt mich gerne. Ich kann auch später für alle schnell durchgehen, was in der nächsten Zeit so geplant ist, falls allgemeines Interesse besteht. Na dann, viel Spaß!"

Es wurde zustimmend mit den Fingerknöcheln auf den Tisch geklopft. Anschließend kam der Kellner, um die Bestellungen aufzunehmen.

Einige Studenten begannen sogleich, eifrig zu diskutieren. Um den Organisator, der eben die Ansprache gehalten hatte, bildete sich sofort eine

Gruppe, die lachte und redete. Viele schienen sich schon zu kennen.

Alex begann ein Gespräch mit seinem Sitznachbarn. Wie oft er schon hier gewesen sei, ob er sich sonst politisch engagiere. Amina hörte nur halbherzig zu. Sie schielte immer wieder auf ihr Handy und nippte an ihrem Wasser, sobald dieses vor ihr stand. Sie war wenig motiviert, sich mit irgendjemandem zu unterhalten.

„Hast du schon mal von Ante Noctem gehört?"

Amina zuckte zusammen, als sie den Namen hörte. Alex kam wirklich schnell zur Sache. Sein Gegenüber überlegte kurz und schüttelte dann den Kopf. Alex erklärte ihm, wer und was Ante Noctem war und beteuerte, er sei an der Gruppe interessiert, wüsste aber nicht, was das für Leute seien.

Amina fürchtete, dass ihr jede Sekunde jemand den wahren Grund ihrer Anwesenheit ablesen konnte.

Der Student neben Alex bestätigte nochmals, dass er Ante Noctem nicht kannte und fragte die Rothaarige neben ihm, die ebenfalls verneinte.

„Vielleicht sollten wir wieder gehen, die kennen Ante Noctem alle nicht", flüsterte Amina Alex zu. Sie wollte so schnell wie möglich hier weg.

„Nicht so schnell, wir haben doch erst mit zwei Leuten gesprochen", erwiderte Alex. Natürlich war er noch nicht bereit aufzugeben.

Amina seufzte. Sie überlegte, wie sie ebenfalls mit jemandem ins Gespräch kommen konnte, ihr fiel aber nicht ein, was sie sagen sollte, das ein lockeres Gespräch zustande bringen würde. Nicht hier und nicht mit diesen Leuten.

Etwas entfernter von Alex und Amina war die Stimmung angespannter. Zwei schlaksige Typen diskutierten über Asylverfahren und waren sichtlich nicht einer Meinung. Ansonsten wurde sich ruhig unterhalten, es wirkte nicht einmal so, als würde es hier um Rassismus, rechte Einstellung und Ausländerfeindlichkeit gehen. Vielleicht war auch Sten diesem Irrtum aufgesessen. Diesem Vorgaukeln von Normalität, von völlig normalen und akzeptablen Inhalten und Meinungen.

Alex nahm irgendwann sein Bier, stand auf und bewegte sich auf die Gruppe um den Organisator zu. Amina saß verloren in ihrer Ecke und beobachtete ihn. So seltsam er auch manchmal war, Alex hatte kein Problem damit, auf Menschen zuzugehen und Belanglosigkeiten mit ihnen auszutauschen. Es schien auch niemand merkwürdig zu finden, dass er verschiedene Personen ansprach und Dinge kommentierte. Amina verfluchte ihre eigene Unbeholfenheit wieder einmal.

Amina hörte entfernt wieder das Wort „Ante Noctem", höchstwahrscheinlich aus Alex' Mund. Er war zielstrebig und ließ keine Möglichkeit aus. Wieder schien niemand zustimmend darauf zu reagieren. Amina wollte bereits ihr Handy einpacken, als der dunkelhaarige Organisator, der eben noch in ein Gespräch vertieft war, auf einmal zu Alex aufsah und sagte:

„Ante Noctem? Du meinst Samuel und seine Leute, oder? Ich kenne Samuel flüchtig, er war auch schon ein paar Mal hier. Er ist ein ziemlicher Hitzkopf, ich weiß nicht, ob es ihm mehr um Politik oder um Selbstdarstellung geht. Er will hauptsächlich Aufmerksamkeit. Bisher hat er mit seiner

Gruppe, soweit ich weiß, nicht wirklich was auf die Beine gestellt, ich glaube nicht, dass du dich bei denen wirklich engagieren könntest."

Aufmerksam hatte Amina die Worte aufgenommen. Samuel war definitiv hitzköpfig und von sich überzeugt, das hatte sie bei den wenigen Begegnungen mit ihm bereits aufs Deutlichste zu spüren bekommen. Die unterschwellige Botschaft war jedoch, dass Ante Noctem nicht ernst zu nehmen war und dass die Gruppe aus Mangel an Konsistenz bald wieder in der Versenkung verschwinden würde. War diesem Urteil zu trauen? Amina wollte das nur zu gerne glauben. Immerhin kannte sich der Typ mit der Szene aus und schien Samuel wenigstens ein bisschen zu kennen.

Alex und Amina blieben solange, bis sich die ersten verabschiedeten. Viel zu lang für Aminas Geschmack. Mehr als Marios Statement, so hieß der Organisator, hatten sie nicht über Ante Noctem in Erfahrung bringen können. Das war allerdings schon mehr, als sich Amina erhofft hatte.

Amina war gereizt und müde auf der Rückfahrt. Eigentlich hatte sie keine Lust, jetzt noch zu Franzi zu fahren und dann auch noch auf eine Party zu gehen. Aber gut, sie hatte es versprochen und wollte außerdem gerne Zeit mit Franzi verbringen. Also verabschiedete sie sich am Hauptbahnhof von Alex und stieg in eine andere Bahn um, die sie in die Neustadt brachte. Es war noch ein wenig kälter geworden und Amina bibberte, als sie den Weg von der Haltestelle zu Franzis WG ging. Diese ewige Dunkelheit. In der Dunkelheit konnte sie sich zwar verstecken und entspannen, man sah sie nicht, sie fiel nicht auf und keiner bildete sich ein Urteil über sie. Andere konnten das jedoch auch. Sich verstecken und lauern.

„Was willst du trinken?", brüllte Franzi sie an. Sie waren auf einer Semesterabschluss-Party unweit des Campus. Sie verteilte sich auf mehrere Stockwerke des Gebäudes, auf deren Tanzflächen jeweils unterschiedliche Musik gespielt wurde. Es war brechend voll. Amina hatte schon seit der Jackenabgabe keine Lust mehr, versuchte jedoch Franzi zuliebe, einen Funken gute Laune in sich aufzuspüren.

„Sekt", brüllte Amina zurück und Franzi schlängelte sich daraufhin durch die Leute in Richtung Bar.

Amina stand herum und beobachtete die Menschen. Immer wieder wurde sie von flirtwilligen Studenten von oben bis unten gemustert, durch ihre abweisende Haltung traute sich jedoch keiner, zu ihr zu kommen und sie anzusprechen. Gut so. Das Letzte, worauf sie jetzt Lust hatte, war ein anstrengendes Gespräch mit einem angetrunkenen Maschinenbau-Studenten im zehnten Semester, der ihr seine Diplomarbeit erklären wollte.

„Hey!" Jemand fiel ihr um den Hals, noch bevor sie registriert hatte, wer es war. Überrumpelt ließ sie es geschehen und stellte dann entsetzt fest, dass es Leo war.

„Hi!", gab sie schüchtern zurück. Sie hatte nicht auf seine Nachrichten reagiert, es war ihr wirklich peinlich ihm nun zu begegnen.

„Komm, lass uns tanzen!", rief Leo und zog Amina zur Tanzfläche. Noch bevor sie sich wehren konnte, standen sie eng voreinander mitten auf der Tanzfläche, Leo mit begeisterter Miene, Amina mit gequältem Lächeln. Hoffentlich würde Franzi sie hier finden und erlösen.

Er zog sie immer näher zu sich heran, legte seine Hände an ihre Taille und tanzte von einem Bein auf das andere. Amina hätte am liebsten losgeschrien.

Gerade als sie ihm sagen wollte, dass sie nun wieder zu ihrer Freundin zurückmusste, da sie sie sicher schon suchte und sie sich demnächst bei ihm melden würde, zog er sie noch ein Stückchen näher heran und küsste sie einfach.

15. Kapitel

Amina blieb für einen Moment wie angewurzelt stehen. Dann entzog sie sich blitzschnell Leos Griff, drehte sich um und stürmte zwischen den Tanzenden davon.

Am Eingang stand Franzi mit zwei Gläsern Sekt in der Hand und schaute sich suchend um. Amina griff im Vorbeigehen nach ihrem Arm und zog sie in das Treppenhaus.

„Was ist los?", fragte Franzi sofort.

„Leo. Erinnerst du dich an ihn? Er ist auch hier, er hat mich geküsst, einfach so, ich wollte das gar nicht. Bin einfach weggelaufen."

„Auweia", meinte Franzi.

„Du hast ihm aber auch Hoffnungen gemacht, ihr hattet immerhin ein Date!"

„Das war doch kein richtiges Date, wir waren nur in der Mensa essen!", protestierte Amina.

„Für Männer ist ein Treffen mit einer schönen Frau immer ein Date", stellte Franzi fachkundig fest. „Vergiss es, er wird's überleben, und dass du nicht interessiert bist, wird er jetzt auch verstanden haben."

Amina und Franzi gingen in ein anderes Stockwerk, blieben aber nicht mehr lange. Amina fürchtete, Leo würde gleich wieder vor ihr stehen, sie zur Rede stellen oder nochmal küssen.

Am nächsten Morgen erwachte Amina mit der unangenehmen Erinnerung an den gestrigen Abend. Sollte sie Leo schreiben? Sich erklären und entschuldigen, dafür, dass sie einfach verschwunden war? Eigentlich hatte sie sich nichts vorzuwerfen, er hatte sie schließlich überrumpelt und war ihr zu nahe gekommen. Sie beschloss, sich wenigstens bei Sami zu melden, damit mit ihm nicht womöglich eine ähnlich peinliche Situation folgte. Sie vermutete zwar, dass er nur wissen wollte, was der Stand der Dinge mit ihrem Artikel war, aber eventuell machte er sich auch Hoffnungen, sie wiederzusehen.

Sie schrieb ihm eine kurze SMS, in der sie erklärte, dass sie für die Veröffentlichung der Reportage letztlich doch keine Zustimmung der Redaktion bekommen hatte und es ihr leid tue.

Sie hoffte, er würde sich nicht mit ihrem angeblichen Arbeitgeber in Verbindung setzen. Aber wenn, war es nun auch egal.

Sami reagierte nicht auf Aminas Nachricht, was ihr auch ganz recht war.

Am Montag war sie wieder mit Alex zum Heimatliebe-Stammtisch verabredet. Alex war in der Zwischenzeit noch zu anderen Treffen gegangen, hatte aber nirgendwo etwas über Ante Noctem herausfinden können. Deshalb bestand er darauf, nochmals zu besagtem Stammtisch zu gehen. Dort hatte immerhin jemand Ante Noctem gekannt und vielleicht war an dieser Stelle noch mehr in Erfahrung zu bringen.

Amina sträubte sich zwar, willigte letztlich jedoch ein. Einen Versuch war es wert.

Sie hatte sich zwischenzeitlich zweimal mit Sten getroffen, sie waren ins Kino gegangen und hatten bei ihm gekocht. Alles war normal gewesen, so wie vor Silvester. Doch Amina ließ sich nicht mehr so schnell von vorgegaukelter Harmonie einwickeln. Sie wusste mittlerweile, wie schnell alles umschlagen konnte. Innerlich wollte sie Sten noch eine Chance geben, sich ein weiteres Mal davon überzeugen lassen, dass es mit ihnen funktionieren und am Ende alles gut ausgehen könnte. Aber sie wusste genau, dass Sten schon zu viele Chancen verspielt hatte und seine Gelassenheit lediglich darauf beruhte, dass er dachte, Amina würde sich ab jetzt aus den Ante Noctem-Angelegenheiten heraushalten. Das war definitiv keine gute Basis.

Der Stammtisch begann genau wie beim letzten Mal. Langsam füllten sich die Plätze um den Tisch, bis schließlich Mario eintraf, ein paar einleitende Worte sagte, und die Leute begannen, sich zu unterhalten und zu diskutieren.

Auch dieses Mal war Alex aktiv dabei, Kontakte zu knüpfen und Fragen zu stellen, und Amina hörte zu, tat aber nicht wirklich irgendetwas. Bis die schwere Holztür aufging und eine kleine, dicke Gestalt eintrat. Amina zuckte zusammen. Samuel war soeben in die Kneipe gekommen, zog seinen Mantel aus und wechselte ein paar Worte mit dem Kellner.

Hastig begann Amina, von ihrem Eckplatz über die Bank zu rutschen, wobei sie Samuel keine Sekunde aus den Augen ließ. Bisher hatte er noch nicht herübergesehen und sie somit auch noch nicht entdeckt. Wenn das so bleiben sollte, musste sie sich beeilen. Schnell verschwand Amina in der Damentoilette, die sich in unmittelbarer Nähe zu ihrem Platz befand. Einen anderen Zufluchtsort gab es nicht. Sie fühlte sich sofort an die Szene in der Oper zurückversetzt, als sie sich ebenfalls in der Toilette vor der Rumpelkammer versteckt hatte, um Ante Noctem zu belauschen.

Alex hatte von all dem nichts mitbekommen, er war gerade auf der anderen Seite des Tisches in ein Gespräch verwickelt gewesen. Amina rief ihn von der Toilette aus an, erklärte ihm die Situation und wies ihn an, sich an Samuel zu halten. Er war mit Sicherheit auch wegen des Stammtisches gekommen, was sonst sollte ihn in diese Kneipe verschlagen. Vielleicht konnte Alex direkt mit ihm sprechen, Samuel kannte ihn schließlich nicht.

Nachdem sie 15 Minuten gewartet hatte, rief Alex sie zurück und erklärte, dass Samuel bereits wieder gegangen war. Amina ließ weitere fünf Minuten verstreichen, bis sie sich aus ihrem Versteck wagte.

Als sie an den Tisch zurückkehrte, war er tatsächlich nirgends zu sehen. Alex und sie verabschiedeten sich gleich darauf und verließen die Kneipe.

„Und? Was hat er gesagt?", wollte Amina aufgeregt wissen, sobald sie in die Kälte getreten waren.

„Also, er war echt nur kurz da und hat mit ein paar Leuten geredet, da konnte ich allerdings nichts verstehen. Dann hat ihn aber Mario angesprochen, hat ihn aufgezogen und gefragt, ob er wieder mal die Welt verändern will. Samuel hat sauer reagiert und gemeint, er würde eine wirklich große Sache planen, an der keiner vorbeikommen könnte. Mario hat nur gelacht und das war's auch schon."

Amina wurde schlecht. Eine große Sache? Was sollte das sein?

„Hast du irgendeine Idee, was diese Sache sein könnte?", fragte Alex.

Amina dachte nach, schüttelte aber den Kopf. Sie hatte keine Ahnung, Sten redete mit ihr nicht mehr über solche Dinge.

Alex blieb unvermittelt stehen.

„Mina, wir sollten uns wirklich überlegen, jetzt doch zur Polizei zu gehen. Ich weiß nicht, aber das hört sich nicht gut an. Mario nimmt Samuel vielleicht nicht ernst, aber wer weiß, vielleicht ist Ante Noctem doch zu mehr fähig als alle denken ...“

Amina schüttelte energisch den Kopf. Nein, das war zu früh, sie wussten doch überhaupt nicht, um was es ging. Sie konnte und wollte Sten nicht das Messer in den Rücken rammen, bevor sie absolut sicher sein konnte, dass es notwendig war.

Stattdessen schlug sie vor, sich Sten nochmal ernsthaft vorzunehmen und aktiv nach dieser „großen Sache“ zu schauen. Alex willigte ein, auch wenn er offensichtlich wenig überzeugt war.

Am nächsten Nachmittag war Amina zu Franzi in die WG eingeladen. Franzi hatte keinen Anlass genannt, aber Amina hatte schon so ein Gefühl. Alex war unterdessen wieder auf Ermittlungstour, er wollte mit Mario zu einer linken Demo gehen und dort für Unruhe sorgen. Amina hatte keine Ahnung, wie er es geschafft hatte, dass Mario ihn zu Veranstaltungen mitnahm. Auch hatte sie allmählich das Gefühl, dass sich die ganze Sache für Alex zum Selbstzweck entwickelte. Er wollte nicht aufhören, der Ante Noctem-Sache auf den Grund zu gehen, weil es ihm Spaß machte und ihn erfüllte und er so mit Menschen in Kontakt kam. Amina machte sich Sorgen, dass Alex langsam vergaß, was für Menschen das waren und in welchen Kreisen sie sich da bewegten. Vielleicht konnte er irgendwann zwischen gespieltem und echtem Engagement nicht mehr unterscheiden.

Dieser Gedanken war zwar höchst beunruhigend, aber Amina konnte das nicht auch noch zu ihrem Problem machen. Sie hoffte, Alex würde sich lösen können, wenn das alles vorbei war.

Als Amina die Treppen zu Franzis WG hochschritt, sah sie Franzi und Nicolai in trauter Einheit, Arm in Arm bereits in der Tür stehen. Sie grinste und Franzi strahlte zurück.

„Wir sind wieder zusammen!", verkündete sie.

„Ja, das sehe ich!" erwiderte Amina lachend.

Zu dritt saßen sie im Wohnzimmer der WG, plauderten, aßen und tranken. Franzi hatte einen Apfelkuchen gebacken. Immer wieder warfen Nicolai und sie sich verliebte Blicke zu, nahmen sich in den Arm.

Amina gönnte es ihnen von Herzen, sie hatte sowieso schon länger vermutet, dass Franzi Nicolai verziehen hatte. Aber sie konnte auch nicht anders, als die beiden zu beneiden. Warum war es für Franzi möglich, eine Beziehung zu führen, eine normale Beziehung? Sicher, es hatte schon eine Trennung gegeben, aber alles in allem hatten sich die beiden füreinander entschieden und versuchten, das Beste daraus zu machen. Warum war ihr selbst nur diese komplizierte Geschichte mit Sten gegönnt? Sie wurde im Laufe des Nachmittags zunehmend frustrierter.

Als dann noch ein weiteres Paar eintraf, das mit Nicolai befreundet war, blieb Amina nicht mehr lange. Das war wirklich zu viel für ihre strapazierten Nerven. Sie ging trotz der Kälte langsam zur

Haltestelle und versuchte, Alex zu erreichen, der jedoch nicht ans Telefon ging. Dann versuchte sie es bei Sten, auch ohne Erfolg. Sie musste ihn bald treffen. Wenn sie nicht schnell herausfand, was Ante Noctem vorhatte, würde Alex eventuell wirklich die Polizei alarmieren. Also schrieb sie ihm noch eine Nachricht und bat ihn darin, sich bei ihr zu melden.

Amina fror schon wieder, entschied sich aber, noch einen Spaziergang im Großen Garten, dem größten Park in Dresden, zu machen. Er lag in der Nähe des Wohnheims, sie hatte im Herbst und Winter jedoch bisher keine Veranlassung gesehen, sich dort aufzuhalten. Im Sommer hielt sie sich lieber draußen auf.

Sie stieg an der Straßenbahnhaltestelle direkt vor dem Parkeingang aus und ging den breiten Hauptweg entlang auf das Palais in der Mitte des Großen Gartens zu. Es waren erwartungsgemäß kaum Leute anzutreffen, ein paar hartgesottene Jogger kamen ihr entgegen oder Leute, die ihre Hunde ausführten. Ansonsten war es still und verlassen. Amina mochte das, so konnte sie gut nachdenken. Die Bäume waren kahl und leblos, der Anblick war für sie dennoch nicht bedrückend. Die Natur nahm sich ihre Auszeit, zog sich zurück, um dann umso lebendiger zurückzukehren. Da gab es nichts zu bedauern.

Als sie das Palais umrundet hatte, machte sie sich auf den Rückweg, nahm jedoch eine Abzweigung, die schneller zu ihr nach Hause führte. Im Großen Garten lag auch der Dresdner Zoo und so konnte man an den Gittern entlang in die momentan leeren Gehege blicken. Amina hätte gerne ein paar Tiere gesehen.

Als sie fast zu Hause war, klingelte ihr Handy. Sten war dran und fragte sie, ob sie ihn am Abend treffen wolle. Amina willigte ein und schrieb Alex, dass sie ein Treffen mit Sten vereinbart hatte. Sie wollte ihn beruhigen.

Sten wollte gegen 20 Uhr bei ihr sein. Amina begann deshalb, das schmutzige Geschirr in der Küche abzuspülen und ihr Zimmer aufzuräumen. Viel gab es nicht, was unordentlich aussah, nur ihre Kleidung lag meist in verschiedenen Haufen herum.

Sie versuchte nochmals, Alex zu erreichen, dieser ging aber immer noch nicht an sein Handy. Das vergrößerte Aminas sowieso schon vorhandene Unruhe noch weiter. Sie hätte sich gerne besprochen, bevor sie Sten traf. Es kam ihr zwar lächerlich vor, dass sie neuerdings auf Alex' Rat angewiesen war, die Situation hatte sich jedoch verändert. Es waren keine gewöhnlichen Treffen mehr, sie observierte Sten.

Als Sten dann eintraf, freute sie sich dennoch. Sie saßen zusammen und tranken Weißwein.

Amina fiel es schwer, locker zu sein, und Sten schien das zu merken, sprach sie jedoch nicht darauf an. Sie fand ihr kleines Apartment auf einmal schrecklich beengt und hatte das Gefühl, sie und Sten nahmen sich gegenseitig die Luft zum Atmen. Selbst als sie das Fenster öffnete und kalte Luft den Raum auszufüllen begann, verbesserte das nichts. Deshalb schlug sie nach dem ersten Glas Wein vor, ein bisschen rauszugehen und vielleicht noch in einer Bar etwas zu trinken. Sten, der Aminas Kältephobie kannte, war überrascht über den Vorschlag, willigte aber ein. Es war tatsächlich unheimlich kalt, noch um einiges kälter, als zu Aminas Spaziergang im Großen Garten, aber Amina fühlte sich hier draußen wohler. Sten hatte seinen schwarzen Rucksack dabei, mit dem ihn Amina an der Uni schon öfter gesehen hatte. Ihr Ziel war es, heute Abend heimlich einen Blick hineinzuwerfen, vielleicht fand sie etwas über Ante Noctem. Sie konnte Alex nicht mit leeren Händen unter die Augen treten.

Sie peilten die Innenstadt an, die von Aminas Wohnheim zu Fuß schnell zu erreichen war. Die Straßen waren leer, die beleuchteten Fenster in den Häusern verrieten, dass die meisten Leute vorzogen, sich bei der Kälte zu Hause einzuigeln. Amina wünschte, sie könnte sich ebenso mit Sten ins Bett kuscheln, ohne ihm etwas vormachen zu müssen.

Schließlich fanden sie eine halbwegs gemütliche Wein-Bar in einer kleinen Gasse und setzten sich dort an einen Tisch. Alles war ziemlich teuer. Kein Wunder, sie befanden sich in der Nähe der Frauenkirche, das war nicht gerade die studentenfreundlichste Gegend. Amina wählte einen der günstigsten Weine auf der Karte, sie kannte sich damit sowieso nicht aus.

Nachdem sie bestellt hatten, verschwand Sten auch schon auf die Toilette. Aminas Herz klopfte wie wild, als er langsam aufstand und sich aus ihrem Sichtfeld entfernte. Schnell griff sie nach seinem Rucksack, öffnete ihn und begann darin herumzuwühlen. Sein Laptop war darin, einige Stifte und sonstiger Kram. Nichts von Belang. Hastig legte sie den Rucksack zurück und versuchte, eine unschuldige Miene aufzusetzen, als Sten zurückkam. Natürlich trug er keine sensationellen Enthüllungen in seinem Rucksack herum. Wenn, dann waren diese höchstens auf seinem Laptop zu finden, den konnte sie aber schlecht in drei Minuten begutachten und hier sowieso nicht.

Amina gab sich damit zufrieden, dass sie für heute einen Versuch gestartet hatte und wollte sich den Rest des Abends entspannen. Wenigstens eine Weile sollte das Treffen ein ganz normales Date sein.

Die Stimmung zwischen Sten und Amina verbesserte sich sofort. Sie wechselten von ihrem Tisch zu einem kleinen, dunkelroten mit Samt bezogenen Sofa und Sten legte den Arm um Amina.

Ihr stieg der Wein wieder einmal rasch zu Kopf, seit Franzis Kuchen hatte sie nicht mehr gegessen. In letzter Zeit vergaß sie öfter, regelmäßig zu essen, oder war schlicht zu faul, sich eine ordentliche Mahlzeit zuzubereiten.

„Wie geht es Rian?", fragte Sten, als das nächste Glas Wein vor ihnen stand.

„Gut, ich freue mich schon, ihn bald zu sehen. Eigentlich wäre ich schon längst nach Hause gefahren, aber ..." Amina verstummte abrupt. Vor lauter Reden wäre ihr fast herausgerutscht, dass sie wegen der Recherchen zu Ante Noctem immer noch in Dresden war.

„Aber?", hakte Sten nach.

Amina suchte fieberhaft nach einem Grund. Zum Glück saß sie in Stens Arm, den Kopf an seine Schulter gelehnt. So konnte er ihr Gesicht nicht sehen.

„Naja ...“, setzte sie an.

Sten zog sie noch näher an sich heran und gab ihr einen Kuss aufs Haar.

„Ach Amina, ich weiß doch. Mit uns, das war ein bisschen schwierig die letzte Zeit, da wolltest du bleiben, bis alles geklärt ist. Du hättest aber doch was sagen können, ich hätte mir auch mal wieder das Auto leihen und mit dir einen Ausflug zu dir nach Hause machen können!“

Amina schwieg. Sie hatte nicht das Gefühl gehabt, dass Sten seit Silvester nach Familienausflügen der Sinn gestanden hatte. Und überhaupt, was dachte er sich eigentlich? Dass er ihr wichtiger war, als ihr Sohn? Sie wurde wütend.

„Ja, genau, und dann schweigst du mich wieder die ganze Rückfahrt lang an, weil du zufällig aus der gleichen Gegend kommst und ich das dummerweise herausbekomme ...“, antwortete sie patzig.

Sten schob sie ein Stückchen von sich und sah sie eindringlich an.

„Amina, was ist los?“, fragte er dann.

„Nichts“, entgegnete sie, sah weg und griff nach ihrem Glas. Der Alkohol war ihr wirklich zu Kopf gestiegen, sie konnte eigentlich keinen Streit gebrauchen. Aber sie hatte es auch satt, nicht mehr sagen zu dürfen, was sie dachte.

Die beiden saßen noch ein paar Minuten still nebeneinander und tranken ihre Gläser aus. Dann bezahlte Sten und sie verließen die Bar. Amina war immer noch wütend. Alles kam hoch, alles, was passiert war, alles, was sie herausgefunden hatte. Sie hätte am liebsten auf Sten eingeschlagen, ihn angebrüllt, ihn in Stücke gerissen. Als er ihre Hand nehmen wollte, zog sie sie weg.

Er seufzte.

„Wieso kannst du eigentlich nie ehrlich sein? Immer diese Heimlichkeiten, die irgendwann doch herauskommen. Und ich soll immer schön den Mund halten und nicht nachfragen, weißt du eigentlich, wie scheiße das ist? Weißt du eigentlich, wie scheiße du bist?" Jetzt schrie sie tatsächlich in die Dunkelheit hinein.

Sten schien der Kragen zu platzen. Seine Augen flackerten gefährlich, er drehte sich zu ihr und erwiderte mindestens genauso laut:

„Verdammt, Amina! Du denkst, du müsstest alles wissen, ich müsste dir jede Sequenz meines Lebens darlegen. Schon mal daran gedacht, dass es dich nichts angeht? Oder dass es besser ist, wenn du nicht alles weißt? Ich wollte dich nicht beunruhigen, wollte nicht alles verkomplizieren. Deswegen habe ich manche Dinge einfach für mich behalten. Du willst die Wahrheit? Ich wusste von Rian, die ganze Zeit, ich wusste, dass du ein Kind hast! Du hättest gleich Verdacht geschöpft und wärst misstrauisch gewesen, wenn du gewusst hättest, dass ich in deiner Nähe aufgewachsen bin. Ich wollte das nicht, ich wollte nicht, dass genau das hier passiert!"

16. Kapitel

Amina erstarrte, alle ihre Sinne schienen auszusetzen.

„Was?!", fragte sie leise. Ihr Ärger war wie weggeblasen.

Sten sah auf einmal tieftraurig aus, seine eisblauen Augen blickten betroffen zu Boden.

„Entschuldigung", murmelte er.

„Du bringst mich manchmal wirklich aus der Fassung. Ich wollte dir das nicht so an den Kopf werfen."

Er ging auf sie zu und umarmte sie. Amina rührte sich nicht. Eine unbestimmte Angst überfiel sie.

„Komm, wir gehen zu dir und reden dort", sagte Sten bestimmt.

Amina sagte gar nichts mehr. Sie hätte nun erst recht ausrasten und ihm Fragen stellen müssen, aber sie konnte nicht. Sie wollte keine Antworten mehr.

Sie schwiegen, bis sie wieder in Aminas Wohnheim waren. Amina setzte sich auf ihr Bett, während Sten Tee kochte und dann eine dampfende Tasse vor ihr auf den Nachttisch stellte. Er selbst nahm am Schreibtisch Platz.

Er rang offensichtlich nach Worten, es fiel ihm schwer, etwas zu sagen. Schließlich begann er zu erzählen:

„Es stimmt, dass meine Familie und ich immer wieder umgezogen sind. Aber meistens waren wir nur kurzzeitig woanders und sind immer wieder nach Baden-Württemberg zurückgekehrt. Kurz vor meinem Abi sind wir dann nach Berlin gegangen, das weißt du ja. Jedenfalls ..." Er strich mit den

Händen immer wieder über seine Schenkel, als könnte er die ganze Situation so einfach wegwischen.

„... Ich war auf der Party, Amina. Diese Party, auf der du mit deinen Freundinnen warst, ich war auch dort. Ich erinnere mich nicht mehr an so viel, ich habe auch einiges getrunken. Aber irgendwann standest du da zwischen einigen meiner Kumpels, hast mit ihnen getrunken und warst ziemlich gut drauf. Ich bin von Gruppe zu Gruppe gegangen, ich kannte einige Leute dort. Ich habe nicht weiter auf dich geachtet. Irgendwann bin ich gegangen, ich weiß nicht mehr genau wann, ich habe mich auch von keinem verabschiedet. Ich weiß nicht, wo du zu dem Zeitpunkt warst. Irgendwann hatte sich der Vorfall und deine Schwangerschaft herumgesprochen, die Leute haben spekuliert, und es war nicht schwer, die richtigen Schlüsse daraus zu ziehen. Wir haben in meinem Freundeskreis nicht wirklich darüber geredet. Keiner wollte wissen, ob einer von uns ... naja, du weißt schon. Natürlich hätten wir zur Polizei gehen sollen, wir hätten den Schuldigen ausfindig machen müssen, aber wir waren mit uns selbst beschäftigt und wollten keinen Ärger ... Ich ... Es tut mir leid."

Sten starrte auf den Boden. Amina sagte weiterhin nichts. Das, was sie da hörte, überstieg ihre Vorstellungskraft. Sie hatte wirklich gedacht, dass der Vorfall ihr gut gehütetes Geheimnis war, dass die Leute ihre ausgedachte Geschichte über Rian und seinen Vater geglaubt hatten.

„Ich habe dich dann auf dieser WG-Party gesehen, hier in Dresden. Ich habe dich sofort erkannt,

noch schöner geworden, aber trotzdem unver-
wechselbar." Sten lächelte kurz traurig.

„Es hat mich irgendwie gereizt, mit dir zu reden,
dich ein bisschen näher kennenzulernen und zu
hören, wie es dir ergangen ist. Ich hatte anfangs
nicht vor, alles so weit gehen zu lassen, ich dachte
nicht, dass wir uns ... so nahe kommen. Und dann
war ich mittendrin, ich konnte und wollte nicht
mehr zurück, ich wusste aber auch nicht, wie ich
damit umgehen sollte. Ich hätte dir das alles natürlich gleich erzählen müssen, aber irgendwann
war der Zeitpunkt verstrichen, und dann habe ich
es einfach nicht mehr über mich gebracht. Ich
weiß, dass das ein Fehler war. Wirklich. Es tut mir
leid."

Zwischen sie trat eine quälende Stille. Amina
stierte geradeaus, sie schwieg. Sie sollte etwas dazu sagen, irgendetwas. Aber sie fühlte sich auf einmal so schwach, so unendlich schwach. Als wäre
jede Kraft aus ihrem Körper gewichen. Sie wollte
schlafen, wollte nicht mehr denken.

Sten begann weiter zu reden, er redete und redete, versuchte, mit seinen Worten etwas wieder-
gutzumachen, Dinge aufzuholen, die er längst ver-
säumt hatte, für die es längst zu spät war.

Amina schaffte es irgendwann, ihn mit den Worten, dass sie müde war und alleine sein wollte,
hinauszubefördern. Sie wusste, dass ihn ihre
Schweigsamkeit quälte, sie tat es noch nicht einmal mit Absicht. Sie konnte einfach nichts dazu
sagen, nicht heute, nicht jetzt. Ihr ganzer Körper
schien zu schmerzen, in Wellen setzten Erkenntnisse und Erinnerungen ein, die sie im Moment
einfach nicht ertrug.

Als Sten gegangen war, legte Amina sich, angezogen wie sie war, in ihr Bett, kuschelte sich unter ihre Decke und versuchte zu schlafen.

Sie wachte fast stündlich auf, versuchte unangenehme Gedanken zu verdrängen und weiterzuschlafen. Am nächsten Morgen wachte sie matt und erschlagen auf, die Nacht war alles andere als erholsam gewesen. Sie fühlte sich roh und verletzlich.

Alex versuchte Amina im Laufe des Tages zu erreichen, aber sie hatte keine Lust, mit ihm über Sten und Ante Noctem zu reden. Die Geschichte hatte ein anderes, neues Level erreicht. Nun war sie wieder eine persönliche Sache, die nur sie etwas anging, die sie alleine durchstehen musste. Sie konnte und wollte Alex nicht mehr dabeihaben, nicht seit gestern Nacht. Sie wollte ihm keine Rechenschaft ablegen müssen, ihm sagen, wann sie was herausgefunden hatte. Ab hier würde sie wieder alleine weitermachen.

Sie hatte auch darüber nachgedacht, ihre Ante Noctem-Ermittlungen nun ein für alle Mal sein zu lassen, nach Hause zu Rian zu fahren und Sten für immer zu vergessen. Aber sie hatte beschlossen, dass das nicht in Frage kam. Jetzt würde sie dem kranken Treiben Ante Noctems erst recht auf den Grund gehen.

Auch Sten ließ nicht locker, seitdem Amina ihn die vorige Nacht nach Hause geschickt hatte. Er hatte einige Male angerufen und ihr auf den Anrufbeantworter gesprochen. Es täte ihm wirklich leid und er würde ihr helfen, Rians Vater ausfindig zu machen, wenn sie wollte, er würde mit seinen

Freunden sprechen, würde für sie da sein, bla bla bla. Amina empfand diesen Vorschlag fast als Hohn, als würde er sich über sie lustig machen, sie verspotten wollen. Das Letzte, wonach ihr gerade der Sinn stand, war, sich mit Sten zu verbünden.

Trotzdem rief sie ihn am Nachmittag zurück. Er war offensichtlich erleichtert, dass sie anrief.

„Hey Amina, schön, dass du dich meldest! Geht es dir besser? Wollen wir nochmal reden?"

Amina ging auf keine seiner Fragen ein.

„Hast du noch was vor heute?", fragte sie.

„Ja, also, ich muss gleich noch zum Studentenwerk und ein paar Dinge erledigen, aber wir können uns danach gerne treffen? So um 18 Uhr? Soll ich zu dir kommen?"

„Nein, nein. Ich melde mich heute Abend nochmal", erwiderte sie knapp und legte einfach auf. Sten war also die nächsten Stunden nicht zu Hause, sehr gut.

Gleich darauf rief sie auch Alex an, damit er aufhörte, sie zu nerven.

„Hey Mina! Hast du was Neues rausgefunden? Ich denke, wir sollten vielleicht doch nochmal zu dem Stammtisch am Montag gehen ..."

Amina gab sich alle Mühe, normal zu klingen.

„Hey, du, ich denke, das ist nicht mehr nötig. Ich habe mit Sten geredet, er war richtig offen. Sie haben wohl eine große Demo mit einem Flashmob in der Innenstadt geplant, mit vielen Leuten, groß aufgezogen. Das ist die große Sache. Ich denke, da müssen wir nicht weiter nachforschen."

Alex blieb einige Sekunden stumm und setzte dann verunsichert an:

„Ok. Bist du sicher? Was ist mit Sami? Wir müssen doch wissen, ob da Ante Noctem dahintergesteckt hat!"

„Darüber rede ich auch noch mit Sten, er hat mir versprochen, alles offenzulegen. Wir treffen uns morgen wieder. Alles ist gut, Alex, wir müssen da nicht mehr viel machen. Ich rufe dich morgen Abend wieder an, bis dann."

Auch ihn würgte sie einfach ab und beendete das Gespräch. Wenn sie noch eine Lüge würde aussprechen müssen, würde sie sich übergeben.

Amina zog sich eine halbe Stunde später an und machte sich auf den Weg zu Stens WG.

Als sie dort war, klingelte sie an der Tür und hoffte inständig, dass einer der Mitbewohner da war. Normalerweise war immer jemand zu Hause, aber sie konnte natürlich auch Pech haben. Nach kurzer Zeit wurde ihr jedoch geöffnet und sie trat ein. Oben angekommen, stand die Haustür einfach offen. Kurz schaute einer der Mitbewohner aus der Küche in den Flur, als sie die Tür hinter sich schloss, begrüßte sie freundlich und verschwand wieder. Da er Amina kannte, musste sie nicht erklären, weshalb sie trotz Stens Abwesenheit hier war. Er dachte vermutlich, sie würde auf ihn warten oder würde etwas abholen. Was eine vermeintliche Freundin eben so in der WG ihres Freundes tat.

Schnell ging Amina in Stens Zimmer. Selbst wenn Sten vorzeitig zurückkommen würde, wäre er höchstwahrscheinlich erfreut, sie hier anzutreffen und würde keinen Verdacht schöpfen. Im Moment war er einfach nicht in der Position, irgendwelche Verdächtigungen auszusprechen oder Ansprüche zu stellen. Trotzdem wollte sie sich beeilen.

Das Zimmer war ziemlich unordentlich. Jedes Mal, wenn sie hier war, war es noch chaotischer als zuvor. Entweder hatte Sten keine Zeit mehr, Ordnung zu halten, oder er wollte sich die Zeit nicht nehmen.

Kurz ließ sie den Blick schweifen und überlegte, womit sie anfangen sollte. Sie sah in den Kleiderschrank, in dem aber außer Kleidung nichts zu finden war. Also machte sie direkt bei seinem Schreibtisch weiter. Dieser quoll über an Unterlagen, Papieren und Schreibutensilien. Stens Laptop lag dazwischen. Amina durchfuhr ein aufgeregtes Kribbeln.

Auf den meisten herumliegenden Seiten waren Rechenaufgaben gekritzelt. Unter einem Ordner mit Kontoauszügen fand sie das Flugblatt wieder, auf dem „Halte dich von A fern!" stand. Sie dachte nochmals darüber nach. Bestimmt war das von Samuel geschrieben worden und bestimmt war sie mit „A" gemeint gewesen. Aber das spielte jetzt keine Rolle mehr.

Gerade als sie Stens Laptop aufklappen wollte, hörte sie Geräusche aus dem Gang und eine Tür auf- und zugehen.

Hastig brachte sie den Schreibtisch wieder in die Form, in der sie ihn vorgefunden hatte, und setzte sich steif auf das Sofa.

Sie horchte. Die Dielen im Hausgang knarrten, jemand ging auf Stens Zimmer zu. Amina hielt den Atem an. Sie betete, dass es nicht Sten war, den sie da draußen hörte. Sie musste unbedingt einen

Blick in seinen Laptop werfen und jetzt war die perfekte Gelegenheit.

Noch eine Tür wurde geöffnet und geschlossen, sie vermutete, dass es die gegenüberliegende Zimmertür war. Also war Stens zweiter Mitbewohner nach Hause gekommen. Sie war erleichtert. Noch zwei, drei Minuten verharrte sie in ihrer Position und lauschte. Als sich nichts mehr tat, stand sie wieder auf und ging zurück zum Schreibtisch.

Sie klappte den Laptop auf und dieser zeigte sofort das entsperrte Desktop an. Er war wohl nur im Stand-by gewesen, ansonsten hätte sie erst ein Passwort eingeben müssen. Amina murmelte ein leises „Danke" vor sich hin. Nie im Leben hätte sie Stens Passwort erraten können.

Der Desktop war genauso unordentlich, wie Stens Zimmer.

Unzählige Ordner und Dateien waren darauf zu sehen. Amina begann, sich durchzuklicken. Die meisten PDFs waren Vorlesungsfolien und Aufgaben. Sie durchforstete die Ordner mit Fotos und Dokumenten, fand aber ebenfalls nichts Interessantes. Alte Schulunterlagen, Fotos mit Freunden aus vergangenen Urlauben.

Sie versuchte, sich in sein E-Mail-Programm einzuloggen, wurde aber nun nach einem Passwort gefragt. Sie ärgerte sich darüber. Hier hätte sie eventuell etwas Wichtiges finden können.

Sie ging nochmal alle Ordner durch, aber ihr fiel nichts ins Auge.

Dann jedoch blieb ihr Blick an einem Unterordner, in der Kategorie „Downloads" hängen. Er hieß „AN".

Sie klickte darauf und es befanden sich wiederum unzählige Dateien darin.

Sie fand das Flugblatt in verschiedenen Ausführungen, sie hatte also einen Treffer gelandet. Hochkonzentriert klickte sie sich durch alle Dateien, bedacht darauf, nichts zu übersehen.

Sie fand eine Liste mit verschiedenen Namen von scheinbar rechten Organisationen und Einzelpersonen. Auch der Stammtisch Heimatliebe war hier vermerkt.

Eine weitere Datei enthielt Links zu einigen Websites. Amina sah sich auch diese alle an. Es waren alternative Nachrichtenplattformen, einige propagierten verrückte Verschwörungstheorien.

Das alles war schön und gut, aber sie müsste doch auch Hinweise zu der „großen Sache", die Samuel beim Stammtisch angepriesen hatte, finden. Der Rest nutzte ihr nicht viel.

Langsam wurde sie ungeduldig und überflog das meiste nur noch. Es waren wirklich viele Dateien. Wenn sie alle ausgiebig begutachten wollte, würde sie Stunden brauchen.

Sie seufzte. Die nächste Datei war ein Bild. Darauf war der Grundriss der Semperoper zu sehen. Amina wurde stutzig. Zwar trafen sich die Jungs im Nebengebäude, aber wozu brauchte Sten eine Abbildung des Grundrisses?

Die nächsten Dateien waren Fotos der Oper von allen Seiten.

Danach fand sie wieder einen Grundriss der Oper, jedoch waren einige Stellen mit roten Kreuzen markiert. Amina hatte keine Ahnung, was das bedeutete.

Mehr Dateien. Sie öffnete sie. Es waren Beschreibungen von chemischen Vorgängen oder Ähnlichem. Amina überflog diese nur, sie hatte absolut keine Ahnung von solchen Dingen.

Frustriert musste sie feststellen, dass sie nichts Aussagekräftiges finden konnte. Sten bewahrte die wichtigen Dinge wohl anderswo auf. Oder vielleicht hatte auch nur Samuel darauf Zugriff, er war schließlich der Kopf der Bande. Es war aussichtslos, sich durch die nicht enden wollende Masse an Fotos, Aufschrieben und Grafiken klicken zu wollen. Das einzige was sie damit erreichen würde, war, dass Sten irgendwann zurückkommen und sie erwischen würde. Das wollte sie auf keinen Fall riskieren.

Sie schloss alle Dateien und klappte den Laptop wieder zu. Sie spürte sofort eine nicht greifbare Unruhe in ihrem Körper, in irgendeinem Winkel ihres Gehirns hatte sich etwas festgesetzt und arbeitete daran. Was war es? Sie hatte das Gefühl, etwas Offensichtliches übersehen zu haben.

Während sie weiter grübelte, zog sie ihren Schal und Mantel an. Als sie das Zimmer gerade verlassen wollte, wurde die Unruhe in ihr unerträglich, drang sich mit voller Kraft in ihr Bewusstsein und ließ sie innehalten.

Eilig riss sie sich Schal und Mantel wieder vom Leib und nahm nochmals vor dem Laptop Platz.

Sie rief wieder den „AN"-Ordner auf und klickte durch die Fotos und Grundrisse der Semperoper. Was war mit ihnen, wieso waren sie in diesem Ordner?

Sie zwang sich auch, die Beschreibungen vom Mischen und Werkeln mit verschiedenen Stoffen nochmals anzusehen.

Dieses Mal las sie alles aufmerksam. Die letzte dieser Dateien war fünf Seiten lang. Auch diese sah sich Amina an, konnte mit dem Geschriebenen jedoch nichts anfangen. Sie wollte die Datei schon wieder schließen, als sie am unteren Rand der letzten Seite einen Vermerk vorfand.

Das morgige Datum stand dort, außerdem die folgenden Sätze:

„Samuel bringt Material. 19:30 Uhr Treffen, Vorstellung beginnt 20 Uhr. Jeder platziert eine, spätestens um 19:45 Uhr. Treffpunkt 20 Uhr bei Samuel."

Amina versuchte zu verstehen. Jeder platziert eine? Sie kaute auf ihrer Unterlippe herum und wippte nervös mit ihrem Bein. Was bedeutete das?

Nochmals ging sie alle Grundrisse, Fotos und Beschreibungen durch. Beschreibungen. Es waren keine Beschreibungen, es waren Anleitungen.

Amina wurde speiübel. Sie überflog die Anleitungen und den Vermerk wieder und wieder, bis sie sich sicher war.

Ante Noctem wollte einen Anschlag verüben.

17. Kapitel

Amina saß in ihrem Zimmer, völlig überfordert mit dem, was sie eben herausgefunden hatte, und versuchte, ruhig zu bleiben. Sollte sie doch Alex anrufen und wieder um Hilfe bitten? Nein, das wollte sie nicht, er würde nur genauso hysterisch werden, wie sie selbst es ohnehin schon war.

Sollte sie Sten konfrontieren?

Ihr war, als wäre ihr jegliches Urteilsvermögen abhanden gekommen. Wie handelte man in solch einer Situation? Man schaltete vermutlich einfach die Polizei ein. Das würde einem jeder raten und das würde man selbst jedem anderen nahe legen. Aber was, wenn sie sich doch irrte, wenn sie, verwirrt durch ihren Schmerz über Stens Beichte, Gespenster sah und überreagierte? Sie konnte doch nicht fünf Jungs eines geplanten Anschlags bezichtigen, wenn es am Ende gar nicht der Wahrheit entsprach. Was würde das für Konsequenzen haben? Für sie, für Sten, für Ante Noctem?

Für eine Weile breitete sich eine lähmende Leere in ihrem Kopf aus. Verführerisch und benebelnd war dieses Gefühl, es erweckte den Anschein, als hätte sie die Möglichkeit, einfach zu ignorieren, was sie gesehen hatte, als könnte sie einfach ihre Sachen packen, in den Zug steigen und nach Hause fahren. In ihre heile Welt.

Keiner wusste, dass sie an Stens Laptop gewesen war, keiner wusste, was sie wusste. Wieso sollte sie es sich nicht einfach gönnen, so zu tun, als wäre nichts? Nur ein einziges Mal.

Als ihr Handy neben ihr aufleuchtete, wurde Amina aus ihren Überlegungen gerissen.

Sten rief sie an. Einige Sekunden starrte sie auf das Display, als wollte es ihr etwas Böses. Dann nahm sie das Handy in die Hand und schleuderte es mit voller Wucht an die gegenüberliegende Wand.

Den restlichen Abend lag sie in ihrem Bett und weinte, weinte darüber, dass sie mit einer Verantwortung belastet war, mit der sie nicht zurechtkam, darüber, wie ungerecht das war und schließlich auch darüber, dass sich ihr Handy nicht mehr anschalten ließ.

Immer wieder durchschoss Panik ihren Körper, mit jeder Stunde, die vorüberging und in der sie untätig herumlag, wurde die Panik größer. Schließlich schlief sie völlig erschöpft ein.

Am nächsten Tag fühlte sie sich besser und klarer und hatte keine Lust mehr auf Dramatik. Sie musste sich zusammenreißen, wenigstens noch diesen einen Tag.

Immer wieder ging sie die Möglichkeiten durch, die sie hatte, schrieb auf, was sie tun konnte und was nicht, und dachte nach. Sie versuchte, sich emotional zu distanzieren und die ganze Sache wie eine Prüfung anzugehen.

Sie wollte keinen Fehler machen, der allen Beteiligten Schwierigkeiten machen würde. Sie hatte immer noch das Gefühl, Sten etwas schuldig zu sein, ihn nicht verraten zu dürfen. Dieses dünne, aber feste Band der Loyalität war ihr größtes Hindernis.

Am Nachmittag wollte sie ihre Mutter anrufen, bis ihr einfiel, dass sie kein funktionierendes Handy mehr hatte. Den ganzen Morgen über war ihr das gar nicht mehr bewusst gewesen, sie war von ihren Überlegungen voll vereinnahmt worden.

Sie ärgerte sich über sich selbst. Es war völlig unnötig gewesen, ihr Handy zu zerstören.

Schließlich hatte sie einen Entschluss gefasst, wie sie vorgehen würde.

Sie zwang sich, Erleichterung zu empfinden und versuchte, sich die nächsten Stunden abzulenken, um nicht wieder ins Grübeln zu geraten und alles umzuwerfen, was sie sich gedanklich zurechtgelegt hatte. Es fiel ihr schwer, sich mit irgendetwas anderem zu beschäftigen. Immer wieder dachte sie daran, dass Sten bestimmt seit gestern Abend versuchte, sie zu erreichen. Kurz befürchtete sie sogar, er würde vorbeikommen. Aber wie sie wusste, war er heute anderweitig beschäftigt.

Punkt 19 Uhr stieg Amina an der Haltestelle „Theaterplatz" aus und beeilte sich, in den Sichtschutz eines Gebäudes zu gelangen. Sie hatte eine alte Winterjacke mit großer Kapuze angezogen, die sie normalerweise nicht mehr trug. Darunter konnte sie sich gut verstecken.

Wieder einmal war es ein eisig kalter Februartag. Amina war es recht, angenehmeres Wetter wäre ihr in dieser Situation grotesk vorgekommen.

Die Minuten vergingen unendlich langsam. Immer wieder ging Amina eine kleine Runde um das Operngebäude und versicherte sich, dass noch keines der Ante Noctem-Mitglieder anwesend war. Das war gar nicht so einfach. An der Rückseite des Gebäudes und um Semper 2 herum war es zwar menschenleer, auf die Vorderseite strömten jedoch immer mehr festlich gekleidete Leute zu und verschwanden hinter den großen Türen.

Amina wurde zunehmend unruhig, ihr entglitt die Situation. Offensichtlich konnte sie unmöglich alle Seiten gleichzeitig beobachten und rechtzeitig eingreifen, falls etwas geschah. Panik ergriff sie, sie war schuld, wenn den älteren Damen, die von ihren Männern in die Oper geführt wurden, den wenigen Familien mit Kindern und den Studenten, die ein günstiges Ticket ergattert hatten, etwas zustoßen sollte.

Als es 19:25 Uhr war, hielt sie es nicht mehr aus. Sie ging hektisch zwischen den Menschen auf dem Theaterplatz auf und ab und wusste nicht, was sie damit überhaupt bezwecken wollte.

Dann reagierte sie, bevor ihr Verstand überhaupt begriffen hatte, was sie da tat.

„Sorry, kann ich mal kurz dein Handy zum Telefonieren haben? Es ist ein Notfall, dauert auch nur eine Minute!" Sie hielt einen Typen in ihrem Alter am Arm fest, der mit seiner hübschen, lachenden Freundin auf dem Weg in das Operngebäude war. Er sah sie überrascht an, nickte und kramte sein Handy aus der Hosentasche hervor. Seine Freundin schaute Amina genervt und misstrauisch an, was ihr im Moment jedoch völlig gleichgültig war.

Dann ging alles ganz schnell und zog sich in Aminas Wahrnehmung dennoch ewig lang. Während sie telefonierte, schaute sie sich weiterhin auf dem Theaterplatz um, während der Typ und seine Freundin sie keine Sekunde aus den Augen ließen.

Schließlich meinte sie, Sten gesehen zu haben. Sie erkannte trotz der dunklen Kleidung und der Entfernung seinen Körperbau und seine Bewegungen.

Sobald das Gespräch zu Ende war, gab sie das Handy zurück und eilte der Gestalt hinterher. Diese war auf dem Weg Richtung Semper 2. Es war schwierig, schnell zwischen den Menschen auf dem Platz hindurchzukommen, immer wieder verstellte ihr jemand den Weg. Am liebsten würde sie alle anbrüllen, die sie passierte, ihre Nerven lagen blank.

Die klumpige Menschenansammlung löste sich immer mehr und schließlich war sie alleine auf dem kleinen Weg und den Stufen links neben der Oper.

„Sten!", rief sie, als sie niemanden sehen konnte. Wo steckte die Person, die es eben so eilig hatte, hierherzukommen?

„Sten! Steeeeeeen!"

Sie scherte sich nicht darum, wer ihre Rufe sonst noch hören konnte und was für einen Eindruck sie machte. Normalerweise wäre es ihr unangenehm, aber in diesem Moment war es einfach egal.

Tatsächlich kam die dunkel gekleidete Person langsam um eine Ecke herum und blickte ungläubig in Aminas Richtung. Eisblaue Augen sahen sie an, überrascht, freudig, unsicher, skeptisch und misstrauisch. Amina hätte sich am liebsten hysterisch kreischend und heulend auf den Boden geworfen. Bis zuletzt hatte sie gehofft, Sten nicht hier anzutreffen.

„Amina! Was machst du hier? Ich meine, schön dich zu sehen, aber du solltest wirklich nicht hier sein gerade, bitte, ich komme zu dir. In einer Stunde bin ich bei dir, bitte geh jetzt!" Stens Worte kamen in einem nervösen Schwall aus ihm heraus.

Er kam auf sie zu, während er sich immer wieder umsah, packte sie an den Armen und sah sie eindringlich an.

„Amina, wir sehen uns später! Wieso bist du überhaupt hier? Du musst jetzt wirklich gehen, jetzt sofort!"

Amina sah ihn mit großen, verzweifelten, braunen Augen an und schüttelte dann den Kopf. Sie schaffte es nicht, irgendetwas zu sagen. Sie sollte Angst haben, unruhig sein, irgendetwas fühlen. Sie tat es jedoch nicht.

Irgendwie schien Sten zu begreifen, er schien zu begreifen, dass es vorbei war, dass es zu spät war. Genau in dieser Sekunde begannen heulende Sirenen von allen Seiten heranzufahren, eine laute Durchsage forderte alle Menschen auf, die sich in der Nähe der Semperoper aufhielten, sich sofort zu entfernen.

Amina hörte nicht genau, was gesagt wurde, nichts drang wirklich zu ihr durch. Sten und sie standen einfach da und sahen sich an. Die eisblauen Augen wurden ebenso verzweifelt wie ihre eigenen, trotzdem bewegte er sich keinen Zentimeter. Er schien genau zu wissen, dass sie dafür verantwortlich war.

Amina sah nicht, was auf dem Theaterplatz vor sich ging, und es interessierte sie auch nicht.

Kurz darauf stürmten zwei Polizisten auf sie zu, rissen sie auseinander und führten sie unsanft zurück zum Theaterplatz. Amina fühlte sich, als wäre ihr Kopf unter Wasser.

Nun sah sie die chaotische Szene auf dem Platz. Menschen stürmten in alle Richtungen und wurden von Polizisten aus der Oper gebracht. Ein

Meer an Blaulichtern umsäumte die Szene, unzählige Polizeiwagen reihten sich aneinander. Amina war überfordert. Es war laut, es blinkte überall und sie wurde mit festem Griff herumgezogen.

Sie drehte ein paar Mal den Kopf, wollte sehen, ob die anderen Ante Noctem-Mitglieder auch in Gewahrsam waren. Sie hoffte inständig, dass sie wenigstens Samuel geschnappt hatten. Es war eigentlich in diesem Moment völlig unwichtig, aber sie hoffte wirklich, dass dieser Dreckskerl als erster gefunden und brutal in einen Polizeiwagen befördert worden war.

Sten stand nur einen Meter von ihr entfernt. Mittlerweile war noch ein zweiter Beamter an seiner Seite, hielt ihn fest und führte ihn ab. Sten wehrte sich nicht, sagte nichts, leistete keinerlei Widerstand. Er blickte zu Boden.

Dann trennten sich ihre Wege. Sten wurde in die eine, sie in die andere Richtung geführt, sie würden wohl in verschiedene Fahrzeuge verfrachtet werden.

Nackte Angst packte Amina, ein Schmerz breitete sich in ihr aus, von dem sie fürchtete, er würde sie ohnmächtig werden lassen.

Die nächsten Sekunden schien die Welt stillzustehen, das Geschehen anzuhalten, um ihr einen letzten kleinen Gefallen zu tun. Sie blieb abrupt stehen.

„Sten!", schrie sie das dritte Mal an diesem Abend mit krächzender Stimme.

Sten war erst drei Meter von ihr entfernt. Auch er blieb sofort stehen und drehte sich blitzschnell zu ihr um. Ihm schien noch gar nicht aufgefallen zu sein, dass sie getrennt worden waren.

Aminas Augen füllten sich mit Tränen, sie konnte nicht mehr an sich halten.

„Ich ... ich liebe dich doch! Es ...", ihre Stimme brach.

Über Stens eisblaue Augen schien sich ein Schleier zu legen.

Amina konnte ihn nicht hören, sah seine Lippen jedoch ein „Ich dich auch" formen, bevor er von den Polizisten weitergezogen wurde.

Über die Autorin

Arunika Senarath wurde 1993 in Colombo, Sri Lanka geboren und wuchs in einer Kleinstadt in Baden-Württemberg auf. Sie studierte Politikwissenschaft und Kommunikationswissenschaft an der TU Dresden und wohnt in Berlin. *Diese eine Nacht* ist ihr Debütroman. Sie schreibt an einer Fortsetzung, die demnächst bei mikrotext erscheinen wird.

Über mikrotext

mikrotext ist ein unabhängiger Verlag in Berlin für Texte mit Haltung und für neues Erzählen. Der Schwerpunkt des Verlags liegt auf aktuellen literarischen Texten, die Zeitgenossenschaft dokumentieren und Perspektiven in die Zukunft schreiben. Sie sind inspiriert von Diskussionen in sozialen Medien und dem Blick auf internationale Debatten. Alle Texte erscheinen zunächst auf Deutsch, ausgewählte Titel werden auch auf Englisch angeboten. Einige sind auch gedruckt im Buchhandel erhältlich.

Katalog

Abbas, Rasha: *Die Erfindung der deutschen Grammatik. Geschichten.* Aus dem Arabischen von Sandra Hetzl. Februar 2016. Auch erhältlich als gedruckte Ausgabe.

Adrian, Stefan: *Bluffen. Ein Roman.* September 2014.

Adrian, Stefan: *Der Gin des Lebens. Drinklyrik.* Juni 2014. Auch erhältlich als gedruckte Ausgabe.

Alassaf, Assaf: *Abu Jürgen. Mein Leben mit dem deutschen Botschafter.* Aus dem Arabischen von Sandra Hetzl. Oktober 2015. Auch erhältlich als gedruckte Ausgabe.

Bwansi, Patras; Ziemke, Lydia: *Mein Name ist Bino Byansi Byakuleka. Doppel-Essay.* Januar 2015. Auch erhältlich auf Englisch.

Christ, Sebastian: *Berliner Asphalt. Geschichten von Menschen in Kiezen.* Juni 2014.

Christ, Sebastian: *Mein Brief an die NSA. Auf der Suche nach meinen Daten.* Dezember 2013.

Christ, Sebastian: *Ich bin privat hier. Eine Ukraine-Reportage.* Januar 2015.

Cravan, Arthur: *König der verkrachten Existenzen. Best of.* Aus dem Französischen von Hanna Mittelstädt und Pierre Gallissaires. Februar 2016.

Faiz, Julia Tieke: *Mein Akku ist gleich leer. Ein Chat von der Flucht.* April 2015. Auch erhältlich als gedruckte und erweiterte Ausgabe.

Fargo Cole, Isabel: *Ungesichertes Gelände. Liebesnovelle.* Dezember 2013.

Fischer, Jan: *Audrey und Ariane. Disneyland-Vampirnovelle.* November 2016.

Fischer, Jan: *Ihr Pixelherz. Eine Love Story.* Juni 2015.

Fischer, Jan (Hg.): *Irgendwas mit Schreiben. Diplomautoren im Beruf.* März 2014.

Franzobel: *Steak für alle. Der neue Fleischtourismus.* Juni 2013.

Geißler, Heike: *Saisonarbeit. Volte #2.* Dezember 2014.

Gerhardt, Katharina; Kirsten, Caterina; Novel, Ariane; Richter, Nikola; Rudkoffsky, Frank O.; Siegmund, Eva (Hg.): *Willkommen! Blogger schreiben für Flüchtlinge.* Dezember 2015.

Herzberg, Ruth: *Wie man mit einem Mann glücklich wird. Beobachtungen.* August 2015.

Khan, Sarah: *Der Horrorpilz. Eine unbefriedigte Geschichte.* Oktober 2013.

Kluge, Alexander: *Die Entsprechung einer Oase. Essay für die digitale Generation.* März 2013.

KOOK e.V. (Hg.): *Cloudpoesie. Dichtung für die vernetzte Gesellschaft.* Ergebnis einer Workshop-Performance mit Andreas Bülhoff, Martina Hefter, Georg Leß, Katharina Schultens, Andreas Töpfer, Charlotte Warsen, bearbeitet von Tristan Marquardt. Oktober 2016.

Kuhlbrodt, Jan: *Das Elster-Experiment. Sieben Tage Genesis.* Juni 2013.

Mesch, Stefan; Richter, Nikola (Hg.): *Straight to your heart. Verbotene Liebe 1995-2015.* Juni 2015.

Mills, Alan: Eine Subkultur der Träume. Auf Twitter. Aus dem Spanischen von Johanna Richter. Dezember 2015.

Mills, Alan: *Hacking Coyote. Tricks for Digital Resistance.* September 2016. Auch gedruckt erhältlich.

Palzer, Thomas: *Spam Poetry. Sex der Industrie für jeden.* Juli 2013.

Richter, Nikola (Hg.): *Global und beta. E-Book Code Berlin. Anthologie.* Oktober 2016.

Rinke, Moritz; Roth, Claudia u.a.: *Gezi bleibt. Stimmen zum Aufbruch in der Türkei.* Juli 2013.

Saeed, Aboud: *Der klügste Mensch im Facebook. Statusmeldungen aus Syrien.* Aus dem Arabischen von Sandra Hetzl. März 2013. Auch erhältlich als gedruckte Ausgabe und auf Englisch.

Saeed, Aboud: *Lebensgroßer Newsticker. Szenen aus der Erinnerung.* Aus dem Arabischen von Sandra Hetzl. März 2015. Auch erhältlich als gedruckte Ausgabe.

Sargnagel, Stefanie: *In der Zukunft sind wir alle tot. Neue Callcenter-Monologe.* März 2014. Auch erhältlich als gedruckte und erweiterte Ausgabe.

Wojcik, Nadine: *Wo der Teufel wohnt. Besessene und Exorzisten in Polen.* November 2016. Auch erhältlich als gedruckte Ausgabe.

Zeegen, Chloe: *I love myself ok? A Berlin Trilogy.* Oktober 2013.

Arunika Senarath
Diese eine Nacht
Roman

ein mikrotext

Cover: Andrea Nienhaus
Coverfoto: pixabay.com (Lizenz CC0 1.0)
Schriften: Scriptorama Markdown JF (Cover), PTL Attention, PT Serif

Erstellt mit Booktype
Druck und Bindung: CPI Books GmbH, Leck
Printed in Germany
1. Auflage

www.mikrotext.de – info@mikrotext.de

ISBN 978-3-944543-46-8